청소년을 위한 인문학 교실 – 심리학

'강아지 똥'은 왜 『자아존중감』이 낮았을까?

지은이 **임 성 관**

선생님은 어릴 때부터 책 읽기와 글쓰기를 매우 좋아하고 잘한 사람입니다. 그래서 책이 많은 도서관에서 근무를 하고 싶어서 관련 공부를 하고 초등학교 도서관에서 일하는 꿈도 이루었지요. 그러다가 행복해 보이는 겉모습과는 달리 마음이 아픈 사람들이 많다는 것을 알게 된 뒤 심리치료에 관한 공부를 해서 지금은 휴독서치료연구소(www.poetrytherapy.kr)를 운영하는 독서치료전문가로 변신을 하여 활발한 활동을 하고 있답니다. 사람들에게 독서가 갖고 있는 치료의 힘에 대해 강의하기, 어려움이 있는 사람들을 직접 만나 치료해 주기, 그리고 책을 써서 간접적으로 도움을 주는 것 등이 선생님이 하는 일인데, 그동안 어린이들을 위해 쓴 책으로는『열두 가지 감정 행복 일기』,『동시』,『색깔』,『초등학교부터 시작하는 중학생 토론 교과서』가 있고, 어른들을 위한 책으로는『책과 함께하는 마음 놀이터 1-4』등 총 36권이 있습니다.

강아지 똥은 왜 자아존중감이 낮았을까?

임형준

들어가며

선생님은 어릴 때부터 책 읽기를 정말 좋아했어. 그래서 어른이 된다면 책이 많은 곳에서 혹은 책과 관련된 일을 하고 싶었지. 그래서 대학교에서도 책과 관련된 공부를 한 뒤 초등학교 도서실에서 사서 선생님으로 근무를 했단다. 그러면서 어린이들을 위해 출간된 책을 많이 읽었는데, 그때는 아무래도 너희들이 보기에 재미도 있어야겠지만 교육적으로 도움이 될 수 있는 책을 찾는데 관심이 많았어. 학교는 학생들을 가르치는 곳이니까.

그런데 시간이 흘러 점차 친해지는 아이들이 많아지면서, 겉으로는 행복한 척 했지만 마음이 아픈 사람도 많다는 것을 알게 되었어. 아직 어린 너희들에게도 고통과 상처가 많다는 것을 깨닫게 된 거야. 그래서 다시 대학원에 들어가 심리학을 공부하면서, 내가 좋아하는 책을 통해 사람들을 도와줄 수 있는 방법에 대한 연구를 시작했단다. 예전에는 재미와 교육적 효과에 초점을 두고 책을 읽었다면, 이제는 사람들의 심리적 상태에 관심을 둔 거야. 즉, 한 편의 동화를 읽으면서 그 책에 등장하는 인물들이 갖고 있는 심리적 문제는 어떤 것들이 있는지, 그런 문제가 왜 생겼는지, 그래서 어떤 갈등이 발생했는지, 결국 어떻게 해결을 했고 이런 문제를 예방하기 위해서는 어떻게 해야 하는지 등에 대해 분석을 한 거란다.

모든 이야기 속에는 우리 삶의 모습이 담겨 있단다. 어떤 이야기는 마치 내가 주인공인 것처럼 여겨질 만큼 비슷한 구조를 갖고 있기도 해. 그래서 그 이야기를 읽을 때면 과거의 기억이 떠올라 마음이 아플 수도 있어. 하지만 이 과정은 거울을 볼 때처럼 나를 비추어 볼 수도 있고, 그 상처를 치료해 한층 더 성장할 수 있는 기회가 되기도 한단다.

독서의 방법이 다양하다는 것은 알고 있지? 그 중에서 선생님이 소개하려는 방법은 '심리학적 책 읽기'라고 할 수 있어. 작품에 글을 쓰고 그림을 그린 작가 선생님들의 의도와는 다를 수 있지만, 이야기의 구성이나 등장인물들을 바탕으로 심리학적 이론을 연결시켜 해석을 해보는 방식이지. 이렇게 해보는 목적이 무엇이냐고?

앞서 말했듯이 첫 번째 목적은 너희들이 갖고 있을 크고 작은 심리적 어려움들을 해결해서 마음이 더 단단하고 건강한 사람이 될 수 있도록 도와주기 위함이란다. 그리고 두 번째 목적은 보는 관점과 생각의 범위를 넓혀주기 위해서란다. 결국 두 가지 목적을 종합하자면 너희들을 성장시켜 주기 위함이라고 정리할 수 있겠구나.

그렇다면 너희들은 어떤 순서로 어떻게 실천을 하면 될까? 우선 '이야기 차례'에 담겨 있는 책들을 찾아 정독을 해보렴. 다행히 최근에 읽었기 때문에 내용에 대한 기억이 선명하다면 관련 내용을 바로 읽어도 괜찮아. 하지만 오래 전에 읽어서 기억이 잘 나지 않는다면 이번 기회에 다시 한 번 읽는 노력을 먼저 해주렴. 이어서 해당 내용을 읽으면서 내게도 혹시 그런 면이 있는지, 그렇다면 생각이나 마음가짐, 나아가 행동을 어떻게 바꾸어야 할 것인가 생각하고 실천도 해보렴. 만약 이 과정을 제대로 실천한다면 앞으로 겪을 수 있는 심리적 상처나 고통을 예방할 수 있고, 이미 갖고 있는 부분은 해소가 될 수도 있어. 마음이 건강한 사람이 행복한 사람이고, 또 그 사람이 미래의 리더가 될 수 있다는 점을 꼭 기억하렴.

이야기 차례

이야기 구성 Story

이 책을 쓰기 위해 선생님이 다시 읽은 책은 15권이야. 15권 안에는 그림책, 창작동화, 전래동화, 그리고 환경과 언어 분야의 책도 포함되어 있는데, 이 책들은 독서를 통해 사람들의 심리·정서적 어려움을 도와주기 위한 독서치료를 할 때 활용한 적이 있는 것들이란다. 그 책들을 중심으로 심리학적 이야기를 풀어가기 위해서 다음과 같이 구성을 한 거야.

첫 번째, 각각의 책에 대한 서지사항을 넣었단다. 서지사항은 제목, 저자, 출판사, 출판년도 등을 의미하는데, 오랜 기간 동안 사람들에게 읽히는 책들은 시간이 흐르면 출판사가, 번역서의 경우에는 옮긴이가 바뀌기도 하는 등의 변화가 있단다. 그래서 서지사항은 책의 제목과 지은이에 대해서만 제시를 했단다.

두 번째, 이미 책을 다 읽었겠지만 내용을 환기시키는 차원에서 줄거리를 정리했고, 이어서 작가 선생님들에 대해 간단히 소개를 했단다.

세 번째, 각각의 이야기가 취하고 있는 구조, 주제, 등장인물, 갈등 등을 바탕으로 심리학적 측면들과 연결을 해봤단다.

자, 그럼 작품들을 중심으로 본격적인 이야기를 시작해 볼까?

01

『강아지 똥』과
'자아존중감'

1.

『강아지 똥』과
'자아존중감'

강아지 똥 / 권정생 글. 정승각 그림

아무도 관심을 주지 않는 길가의 강아지 똥, 심지어 그 똥이 쓸모없는 거라며 비난하고 멀어져 간 여러 대상들, 따라서 자신은 무가치한 존재라고 믿으며 우울한 시간을 보내고 있던 강아지 똥에게 민들레는 이 세상의 모든 것들에게는 나름의 가치가 있다는 점을 알려준단다. 결국 강아지 똥은 민들레꽃을 피울 수 있는 거름이 되어, 꽃으로 다시 피어나게 된다는 이야기야.

이 이야기는 1969년 동화작가 권정생 선생님에게 '기독교 아동문학상' 을 안겨 준 작품이었으나 당시에는 큰 관심을 받지 못하다가, 그림을 그리신 정승각 선생님께서 우연한 기회에 이 이야기를 듣고 다시 내보자고 권유를 하면서 출간되어 지금까지 큰 사랑을 받고 있는 작품이란다.

─ 강아지 똥은 왜 자아존중감이 낮았을까? ─

이 세상에서 가장 소중한 것은 무엇일까? 나를 낳아주신 부모님을 포함한 가족일까, 아니면 친구들일까? 그것도 아니라면 생활의 필수품으로 자리 잡은 스마트 폰일까? 사람들마다 생각이 다를 수 있지만, 이 세상에서 가장 소중한 것은 단언컨대 '나'라고 생각해. 왜냐하면 내가 없다면 부모님을 포함한 가족이나 친구들도 없을 테니까. 소중하게 여기는 물건들, 사랑으로 돌보며 키우는 애완동물들도 의미가 없을 테니까. 그래서 가족이나 주변의 사람들은 물론, 나와 관계를 맺고 있는 사람들을 소중히 여기는 것도 중요하지만, 그 전에 '나'를 먼저 사랑하는 마음을 갖는 것이 중요해.

이와 같이 자신이 사랑받을 만한 가치가 있는 소중한 존재이고, 어떤 성과를 이루어낼 만한 유능한 사람이라고 믿는 마음을 '자아존중감'이라고 해(줄여서 '자존감'이라고도 한단다). 그런데 이 마음은 여러 사람들이 인정을 한 객관적인 판단의 결과가 아니라 주관적인 느낌이야. 하지만 태어나기 전부터 관계를 맺게 되는 부모님이 나를 어떻게 대하는가에 따라 달라질 수 있으며, 어렸을 때 형성된 것이 어른이 된 다음에도 영향을 미친다는 점은 알고 있어야 해. 즉, 부모님께서 나를 사랑으로 키우시면서 칭찬과 격려를 통해 '내가 충분히 소중한 사람'이라는 느낌을 갖게 해 주셨어야 하는 거지. 또한 무엇을 시도했을 때 성공한 경험이 많아야 하고 "잘했다!"와 같은 긍정적인 평가를 받은 경험도 많아야 해. 이처럼 부모님의 사랑도 컸고 성공에 대한 경험도 많았다면 저절로 자아존중감이 높은 사람이 되어 있을 거야. 자아존중감이 높은 것이 왜 중요하냐고? 자아존중감이 높으면 공부를 잘하는 것은 물론이고 친구들을 잘 이끌 수 있는 리더십도 갖게 된단다. 또한 어떤 어려운 상황에 처해 있을 때에도 자신을 믿고 잘 헤쳐 나갈 수 있는 힘을 갖게 돼. 그렇기 때문에 경쟁과 이기주의가 심한 현대 사회에서는 굉장히 중요한 능력이라고 할 수 있지.

그렇다면 '강아지 똥'은 어땠는지 살펴볼까? 강아지 똥의 엄마(?)는 돌이네 흰둥이야. 흰둥이는 골목길 담 밑 구석에 똥을 누더니 그냥 가버렸어. 똥을 매우 귀하게 여기는 동물들도 있다는 점을 생각해 보면 무책임하다고 할 수 있지. 그런데 그때 참새 한 마리가 강아지 똥 곁에 내려앉더니 "똥! 똥! 에그, 더러워……." 라는 말을 한 뒤 그냥 날아가 버렸어. 가던 길을 그냥 갔으면 좋았을 텐데 굳이 내려와 콕콕 쪼아대면서 비난을 한 거지. 그러자 강아지 똥은 화도 나고 서러워서 눈물을 흘리고 있는데, 이번에는 소달구지 바퀴 자국에서 뒹굴고 있던 흙덩이까지 가세해 "넌 똥 중에서도 가장 더러운 개똥이야!"라는 말을 하는 것이 아니겠어? 불난 집에 부채질을 한 거지. 때문에 강아지 똥은 더 크게 울음을 터트리고야 말았어. 그러자 당황한 흙덩이는 사과를 한 뒤 자신이 강아지 똥보다 더 흉측하고 더러울지 모른다며, 지난 여름 가뭄이 심했을 때 아기 고추를 죽게 만든 일과, 그 벌로 자신이 지금과 같은 처지가 되었다는 것을 고백했어. 그러자 그 반성이 하늘을 감동시켰는지 흙덩이는 마침 지나가던 소달구지 아저씨(흙덩이가 원래 있던 밭의 주인)에게 발견이 되어 원래의 자리로 돌아가게 된단다. 그렇다면 강아지 똥은? 혼자 남게 되었으므로 쓸쓸함과 겨울 추위까지 견디며 자신은 과연 어디에 쓸모가 있을 것인가 고민을 하게 되지. 결국 강아지 똥은 그 답을 찾게 되었을까?

　너희들이 이미 다 알고 있다시피 똥 중에서도 가장 더럽고 쓸모도 없을 것 같았던 강아지 똥은 민들레가 별처럼 고운 꽃을 피우는 것을 돕기 위해 자신의 몸을 녹여 거름이 된단다. 자신의 몸을 녹여 거름이 된다는 것은 죽는 것과 같은데, 강아지 똥은 왜 그런 결정을 했을까? 그것은 아마 민들레가 강아지 똥의 가치를 인정해 주었기 때문일 거야. 강아지 똥이 먼저 만났던 참새, 흙덩이, 어미닭과 병아리 열두 마리는 쓸모가 없다면서 무시를 했으나, 민들레는 다른 태도를 보여준 거지(물론 흙덩이도 나중에는 강아지 똥에게 사과를 했음). 덕분에 강아지 똥도 자신의 존재 가치를 깨달으며 행복함을 느꼈고 민들레꽃의 일부가 되면서 이야기는 끝이 나지만, 이 부분에서 아쉬운 점이라면 흰둥이 엄마가 처음부터 엄마로서의 역할을 해주지 않았다는 거야. 똥을 누고 나서 떠나기 전에 "너는 봄이 되면 민들레가 꽃을 피우는데 쓰일 귀중한 아이란다. 그러니 그때까지 너 자신을 소중하게 여겨라." 는 말을 해주었더라면, 강아지 똥은 어차피 민들레의 거름이 되더라도 그동안 자신감 있고 밝은 모습으로 생활했을 거야.

그렇다면 너희들은 어떠니? 자아존중감이 높은 편이니, 아니면 낮은 편이니? 혹시 형제나 친구들에 비해 공부를 못하는 편이니? 아니면 그들에 비해 키도 작은 편이고 뚱뚱하거나 얼굴도 못 생겼다고 생각하고 있니? 게다가 운동이나 그림 그리기, 노래 부르기 등의 재주도 갖고 있지 못하니? 만약 그렇다고 생각해서 자신감이 없다면 자아존중감이 낮을 가능성이 높아. 따라서 부모님이나 선생님께 칭찬받은 경험도 적을 수 있지. 종합을 하자면 나는 다른 사람에 비해 잘하는 것이나 잘난 것이 없다고 생각될 것이고, 앞으로 무엇을 할 수 있을 것인가에 대해서도 분명하지 않을 거야. 그런데 말이야, 생각을 이렇게 바꾸어 보렴. 강아지 똥도 자신의 가치를 알기까지 오랜 시간이 걸렸어. 도움을 주기는커녕 비난만 하는 주변인들도 많았지. 하지만 결국 자신을 알아주는 민들레를 만나면서 꽃을 피우게 되었잖아. 오랜 시간 견딘 덕분에 별처럼 고운 꽃을 피우는 꿈을 이룬 거지. 그러니 너희들도 앞으로 많은 시간과 경험을 할 수 있는 기회가 있으니 미리 실망할 필요는 없어. 행복은 성적순도 아니고, 학교에서의 우등생이 사회에서의 우등생도 아니니까.

혹시 가까운 곳에 거울이 있니? 그렇다면 그 앞으로 가렴. 그리고 거울에 비친 내 모습을 보면서 "○○야, 너는 이 세상에서 가장 소중한 존재야!"라는 말을 해주렴. 이후 거울을 볼 때마다 매번, 아니 거울이 없는 곳에서는 마음속에서라도 그 말을 반복하렴. 그렇다면 네 자신에게 놀라운 변화가 일어날 거야. 다른 누가 인정해 주지 않더라도 스스로를 소중한 존재라고 생각하면서 사랑하게 될 거야. 그리고 만약 가족이나 친구들 가운데 너와 비슷한 상황에 처해 있는 사람을 본다면 그 사람에게도 말해 주렴.

"엄마, 엄마는 이 세상에서 가장 좋은 사람이에요!", "아빠, 아빠
는 이 세상에서 가장 듬직한 사람이에요!", "○○야, 네 덕분에
내 학교생활이 정말 즐거워. 너는 정말 좋은 친구야!"

02

『돼지 책』과
'경직성(고정관념)'

2.

『돼지 책』과
'경직성(고정관념)'

돼지 책 / 앤서니 브라운 글·그림

• •

가정을 넘어 사회에서도 여전히 성별에 따라 할 수 있는 일(마땅히 해야 하는 일)과 없는 일(해서는 안 되는 일)을 구분 짓는 경향은 남아 있단다. 하지만 성역할이라는 고정관념을 넘어 한 사람의 능력에 초점을 맞추어서 하고 싶은 일을 할 수 있을 때, 모두가 가장 행복할 수 있다는 의미를 전달해 주는 이야기야.

앤서니 브라운 선생님은 전 세계적으로 유명하지만 우리나라에서도 무척 사랑받는 그림책 작가 중 한 사람이야. 그 이유는 재미있는 이야기 속에 생각할 수 있는 섬세한 그림이 뒷받침 되어 있기 때문일 거야. 영국도서관협회에서 주는 '케이트 그린어웨이' 상을 두 번이나 받았다는 것은 훌륭한 작품을 많이 내고 있다는 증거가 될 텐데, 앞으로는 어떤 이야기를 들려주실지 무척 기대가 된단다.

• •

엄마는 왜 집을 나갔을까?

먼저 이 문제를 풀어보렴.

> 세계 3차 대전이 발발하여 10명을 제외한 나머지 전 세계 모든 사람들이 죽었습니다. 하지만 핵전쟁으로 인해 지구도 더 이상 사람이 살 수 없는 곳이 되어버렸습니다. 다행히 이런 날을 대비해 과학자 한 사람이 우주선을 만들어 놓았습니다. 그러나 우주선에는 7명만 탈 수 있다고 하네요. 그렇다면 살아남은 10명 중 누구를 태워야 할까요? 이유를 바탕으로 골라 보세요.

　1) 변호사　2) 임신 중인 변호사의 아내　3) 여자 대학생
4) 똑똑하고 예쁜 여배우　5) 외국에서 유학을 온 의과 대학생　6) 45세의 목사님　7) 유명한 소설가　8) 축구선수
9) 무기를 갖고 있는 경찰관　10) 과학자

자, 누구를 태울 것인가 정했니? 그렇다면 그 이유가 무엇이 었는지 다시 떠올려 보렴. 선생님이 이 문제를 여러 초등학생들 에게 내 본 적이 있어. 그런데 그 안에 너무나 많은 고정관념들 이 함께 하고 있다는 점에 놀랐단다. 아마 너희들도 자유롭지 못 했을 거라고 생각이 되는데, 먼저 목록에 있는 10명 중에 남자 와 여자는 누구일까? 성별이 확실한 사람도 있지만 그렇지 않은 사람들도 있단다. 예를 들어 45세의 목사님은 남자일까, 아니면 여자일까? 대부분 남자일 거라고 생각했을 거야. 그렇다면 축구 선수는 남자일까, 여자일까? 지소연 선수처럼 여자일 수도 있겠 지? 그리고 이번에는 나이가 확실한 사람은 누가 있을까? 45세 의 목사님을 제외하고는 정확히 몰라. 그런데 여자 대학생은 당 연히 20대 초반일 거라고 생각을 해버린단다. 그러나 대학교에 가보면 30대, 40대, 50대, 60대이지만 대학생 신분인 사람들도 있어. 자, 그렇다면 처음에 적은 답을 고쳐볼 수 있겠지? 훨씬 다양한 답을 낼 수 있을 거야.

사람들은 고정관념을 갖고 살아간단다. 고정관념은 어떤 집 단의 능력이나 개인별 차이를 무시하고 하나로 묶어서 단순하게 칭해버리는 것을 말해. 특정한 민족, 인종, 성(性), 직업 등 고정 관념의 범위는 무척 넓어. 그러나 고정관념은 하나의 부정적인 틀이기 때문에 많이 갖고 있을수록 자신의 자유를 속박하는 역할을 한단다. 그러므로 여러 각도에서 생각해 보고, 혹시 고정관념이 있다면 만남과 대화를 통해서 또는 직접 경험을 통해서 맞는지 틀리는지를 가늠해 보는 과정이 필요해. 즉 일단 시도해 본 뒤에 결론을 내려도 된다는 유연함이 필요한 거야.

그렇다면 『돼지 책』이라는 작품 속에는 어떤 고정관념이 담겨 있을까? 맞아! 남자는 밖에서 일을 하기 때문에 집안일은 모두 여자가 해야 한다는 성 역할에 대한 고정관념이 있어. 그래서 결과는 어땠니? 아빠와 마찬가지로 직장생활을 하고 있던 엄마는 집에 돌아오면 식사 준비, 설거지, 빨래 등 또 일을 해야 했어. 그사이 아빠와 아이들은 텔레비전이나 신문만 보고 있었지. 만약 아빠와 아이들이 몇 가지 일만 도와주었더라도 엄마는 쉴 수 있는 시간, 가족들과 대화할 수 있는 시간을 더 가질 수 있었을 거야. 물론 집을 나가는 상황까지 벌어지지도 않았겠지. 다행히 아빠와 아이들이 엄마의 소중함과 힘듦을 깨닫고 반성한 뒤 집안일을 나누어 하는 구조로 바뀌었기 때문에 이야기는 행복한 결말로 끝이 났지만, 현실에서는 지금 이 순간에도 가부장적 사고방식으로 엄마를 힘들게 하고 있는 아빠들과 의존만 하려는 자녀들 때문에 집안일을 도맡아 하는 엄마들이 많을 거란다.

그러면 이쯤에서 네게 있는 성 역할에 대한 고정관념을 점검해 보면 어떨까? 먼저 가정에서의 상황을 생각해 보자. 혹시 주방에서 음식을 만들거나 설거지를 하는 것은 엄마들의 몫이라고 생각하니? 반면 형광등을 갈아 끼우거나 망치질을 하는 것은 당연히 아빠들이 해야 할 일이라고 생각하고? 이어서 학교에서의 상황을 생각해 보자꾸나. 혹시 체육시간에 여자 아이들은 피구를 해야 하고 남자 아이들은 축구를 해야 한다고 생각하니? 여자 아이들은 얌전해야 하고 남자 아이들은 힘이 세야 한다고 생각하고? 만약 이런 생각을 하고 있다면 서둘러 바꿀 필요가 있어. 왜냐하면 우리나라도 남녀차별 대신 양성평등적인 인식이 커지고 있기 때문이야. 따라서 많은 고정관념을 갖고 있다면 관계 내에서 많은 마찰을 경험하게 될 거란다.

　　물은 어느 그릇에 담는가에 따라 다른 모습을 갖게 돼. 하지만 본연의 속성은 달라지지 않지. 유연함은 마치 물과 같은 것이라고 말할 수 있어. 덕분에 물은 여러 곳을 흐를 수 있고 결국 큰 바다를 이룰 수 있는 거야. 아직은 어리기 때문에 나 자신을 다듬어 갈 수 있는 기회가 많은 너희들, 부디 유연함으로 보다 큰 자유를 얻을 수 있기를 바란다.

03

『난 형이니까』와
'카인 콤플렉스'

3.

『난 형이니까』와
'카인 콤플렉스'

난 형이니까 / 후쿠다 이와오 글·그림

형인 유이치는 동생 다카시를 무척 싫어한다. 왜냐하면 자신의 물건을 허락없이 만지고, 뜨거운 물 속에서도 태연하게 앉아 있는 등 얄밉기 때문이다. 하지만 그보다 더 큰 이유는 엄마가 다카시의 편을 들어주기 때문이다. 이 이야기는 형 유이치가 동생을 미워하다가 결국 어떤 계기로 인해 소중함을 느끼게 된다는 내용이다.

후쿠다 이와오 선생님은 일본 오카야마현 구라시키시에서 태어나셨으며, 일본에서 그림책에게 주는 가장 권위가 있는 상인 '에혼니폰상'을 수상한 작가야. 그만큼 아이들의 심리를 잘 담은 그림책으로 우리나라에서도 많은 사랑을 받고 있지. 그동안 지은 책으로는 『방귀 만세』, 『할머니의 신기한 나로』, 『세 개의 알』 등이 있단다.

왜 형제에게 질투심을 느낄까?

혹시 '카인 콤플렉스'라는 말을 들어본 적이 있니? 교회나 성당에 다니기 때문에 성경 공부를 한 친구들은 '카인'이라는 이름이 낯익을 거야. 카인은 최초의 인간이었던 아담과 하와(이브)의 아들로서, 사람의 몸에서 태어난 최초의 사람으로 기록되어 있단다. 그런데 최초의 살인자이면서, 그 대상이 친동생 아벨이라는 불명예스러운 기록도 동시에 갖고 있는 사람이지. 그렇다면 형제였던 카인과 아벨 사이에는 무슨 일이 있었던 걸까?

형인 카인은 농부였고 동생인 아벨은 목자였단다. 두 사람은 각각 농산물과 어린 양을 하느님에게 재물로 바쳤는데, 이 중 아벨의 것은 받아들여졌으나 카인의 것은 거절을 당했단다. 이유는 아벨이 하느님이 원하는 것을 드린 반면 카인은 자기 마음대로 바쳤기 때문이래. 글쎄, 하느님께서 그런 선택을 하신 데에는 우리가 모르거나 짐작할 수 없는 이유가 더 있겠지만, 결과적으로 카인은 자신 대신 동생만 인정을 받았다고 생각을 했기 때문에 질투심에 그만 그를 죽이게 된 거야.

그래서 '카인 콤플렉스'라는 말은 형제간의 경쟁심이나 질투심을 의미할 때 쓰이고 있는데, 형제들은 1차적으로 부모님의 사랑과 인정을 더 많이 받기 위해 경쟁을 한단다. 이때 부모님이 공정하게 사랑을 배분해 주면 좋겠지만, 부모님들은 아무래도 나이가 어린 자녀일수록 더 많이 보살펴 주어야 하기 때문에 어쩔 수 없다고 해. 『난 형이니까』라는 동화 속의 상황도 마찬가지거든. 형 유이치는 동생 다카시를 무지무지 싫어해. 왜냐하면 유이치의 학교 공책에 낙서를 하고, 체험학습 때 들고 가려고 싸 놓은 간식을 절반 이상이나 먹어 버린 적도 있으며, 열심히 모은 기념우표들을 서랍장에다 붙여놓기도 했거든. 상황이 이쯤 되면 아무리 동생을 사랑하고 인내심이 강한 형이라도 참을 수 없을 거야. 그런데 사실 유이치를 더욱 화나게 만든 것은 엄마의 태도였어. 엄마는 다카시의 행동이 어려서 잘 모르기 때문에 그런 것이라는 한 마디로 모든 잘못을 덮어 주었거든.

그렇다면 형들은 항상 억울함과 질투심을 느껴야 하고, 동생들은 계속 부모님이 비호를 받을 수 있을까? 물론 동생이기 때문에 어느 정도 배려를 더 받을 가능성은 있지만, 똑같이 학교에 다니고 있을 정도로 성장했다면 생활 태도나 학습 성적에 따라 부모님의 입장이 달라질 수도 있어. 즉, 내가 공부를 더 잘하고 가정이나 학교, 학원에서도 예의 바르며 모범적인 모습을 보이는 사람이 된다면, 부모님들은 오히려 그런 부분이 부족한 동생들에게 형을 본받으라며 꾸중을 할 수도 있다는 거야. 전세가 역전되면서 동생들이 더 질투심을 느낄 수 있는 상황으로 바뀐 거지.

하지만 형제를 경쟁심에 의한 갈등과 질투심으로만 가득 차 있는 관계로 보기 보다는, 서로 부모님의 사랑과 인정을 더 받기 위해 노력할 수 있는 긍정적인 라이벌의 관계로 보는 것은 어떨까? 운동 경기에서도 라이벌이 있기 때문에 더 노력을 하는 것처럼, 형이나 동생이 있기 때문에 더 사랑과 인정을 받기 위해서 노력을 한다면 두 사람 모두 원하는 바를 성취할 수도 있을 거야. 더불어 '카인 콤플렉스'에서 벗어나려면 부모님의 사랑을 받는 데에도 다 각자의 몫이 있다고 생각을 해야 돼. 즉, 나는 맏이이자 이런 면이 있기 때문에 이만큼의 사랑을 받는 것이고 둘째는 둘째대로의 장점과 특징 때문에, 또 막내는 막내이기 때문에 받는 사랑의 양이 있다고 생각을 하는 거야.

부모님들에게는 자녀를 낳아 키우는 것이 무척 어려운 일이야. 그래서 한 명만 낳아 기르는 경우도 많은데, 먼 훗날 자신들이 이 세상을 떠나고 없을 때 형제도 없이 외로울 자녀를 생각해서 둘째나 셋째를 낳는 경우도 있다고 해. 그래도 형제가 있다면 기쁠 때나 슬플 때나 서로 나누고 의지할 수 있을 테니까 말이야. 어머니, 아직은 어려서 부모님의 마음을 모두 헤아릴 수는 없을 테지만 선생님이 해주고 싶은 이야기는 이해를 했으면 좋겠구나.

마지막으로 형제간의 우애가 두터움을 의미하는 한자성어 한 가지를 소개해 줄게. 그 의미를 잘 새겨 놓으렴.

한자성어 : 여족여수(如 같을 여, 足 발 족, 如 같을 여, 手 손 수)
뜻 : 발과 같고 손과 같다는 뜻으로, 형제(兄弟)는 몸에서 떼어놓을 수 없는
　　 팔다리와 같이 서로 떨어질 수 없는 깊은 사이임을 비유하는 말

04

『아낌없이 주는 나무』와
'의존성'

4.

『아낌없이 주는 나무 』와 '의존성'

아낌없이 주는 나무 / 쉘 실버스타인 글·그림

사랑의 범위가 어디까지여야 하는가에 대해 생각해 보게 만드는 작품이야. 어릴 때부터 많은 시간을 함께 보낸 사과나무와 소년, 하지만 소년의 발달은 나무를 떠나 독립을 하게 만들지. 그런데 자립할 능력이 부족했던 소년은 필요할 때마다 사과나무를 찾아와 요구를 하게 되고, 그때마다 사과나무는 소년의 요구를 들어준다는 이야기란다.

쉘 실버스타인 선생님은 미국에서 태어나 작가, 시인, 만화가, 극작가, 음악가로도 활동을 하셨던 분이야. 재능이 많았던 분인 것 같은데, 이는 그만큼 표현하고 싶었던 이야기가 많았다는 의미일 수도 있어. 그렇기 때문인지 선생님의 작품은 자아존중감이나 자아정체감을 주제로 한 이야기가 많단다. 사람들에게 꼭 필요하지만 오랜 시간 많은 고민과 노력을 통해 얻을 수 있는 것들이기에 더욱 어려운 주제들인데, 그 주제들을 쉽게 재미있게 풀어주시는 특징이 있어.

── 사과나무는 왜 소년의 요구를 거절하지 않았을까? ──

얘들아, 우선 내가 가장 하기 싫은 일들을 떠올려 봐. 자신이 없어서 싫거나 귀찮아서 싫은 일들 있잖아? 예를 들어 학교 가기, 학원가기, 숙제하기, 어른들에게 꾸중 듣기, 치과에 가기, 파 혹은 당근 먹기, 똥 싸기 등. 충분히 떠올렸다면 이번에는 그런 일들을 다른 사람이 해준다고 생각해 봐. 학교와 학원을 대신 가 주고 숙제도 해주며, 벌도 대신 받고 병원에도 다녀 오는 거지. 게다가 먹기 싫은 음식도 다 먹어주고 화장실까지 다녀와 주는 거야. 그 시간 동안에 나는 하고 싶은 게임만 실컷 하다가 피곤하면 자고, 맛있는 것만 먹을 수 있다면 어떨까? 아마 생각만으로도 벌써 기분이 좋아지는 친구들이 있을 거야. 당장 그렇게 해주는 사람이 있거나 로봇이 있다면 많은 돈을 주더라도 사고 싶은 마음이 들 거야. 그런데 이렇게 내가 해야 할 일들을 전부 다른 사람이 대신해준다면 어떨까? 처음에는 편할지 모르겠지만, 나중에는 스스로할 수 있는 일이 전혀 없을지도 몰라. 스스로 할 수 있는 일이 없다면 결국 사회 환경에 적응을 못하게 되어 죽을 수도 있어.

혹시 '의존'이라는 단어의 뜻을 알고 있니? 의존은 다른 것에 의지하여 존재한다는 뜻이야. 우리는 보통 가족과 친구 등 주변의 많은 사람들과 서로 의존 관계를 맺고 있어. 부모님과 선생님, 때때로 친구들은 내가 스스로 할 수 없는 부분들에 대한 도움을 준단다. 물론 나도 그들에게 어떤 도움을 줄 수 있지. 이와 같이 서로 필요한 부분을 기대고 나눌 수 있는 사이는 건강한 의존 관계를 맺고 있다고 할 수 있어. 하지만 모든 관계가 그렇지는 않아. 마마 보이(mamma's boy)나 파파 걸(papa's girl)은 자기 주도적으로 행동하지 못하고 엄마나 아빠에게 의존하고 있는 남자나 여자를 칭하는 말이야. 만약 친구를 만나서 하루 동안 놀 수 있는 기회가 생겼다고 가정해 보자. 그러면 무엇을 하며 놀 것인가, 무엇을 먹을 것인가 등을 함께 결정해야 할 텐데, 그때마다 친구가 엄마에게 물어봐야 한다며 전화를 한다면 어떨까? 스스로 결정하지 못하는 모습에 실망스럽고 짜증이 날 거야.

그런데 의존은 사물이나 다른 생물과의 관계에서도 나타나는 현상이야. 요즘 사람들은 대부분 스마트 폰을 사용하고 있어. 길을 걸으며, 일을 하는 중간 중간, 심지어 다른 사람들을 만나고 있는 중이나 잠을 자기 전에도 스마트 폰을 손에서 내려놓지 못하는 이들이 많다고 해. 게다가 스마트 폰이 갖고 있는 여러 기능들(전화번호부, 계산기, 내비게이션 등)에 의존하다 보니 이제는 기억이나 계산을 스스로 하지 않는단다. 따라서 예전에 비해 뇌의 기능을 덜 사용하고 있는 거지. 상황이 이렇다 보니 스마트 폰을 잃어버리거나 고장이 나면 아무 일도 못하는 사람이 많다고 해. 건강하지 못한 의존 관계를 맺고 있었기 때문에 스스로 할 수 있는 일들을 하지 못하게 돼버린 거야.

그렇다면 이번에는 동화 『아낌없이 주는 나무』에 등장하는 소년과 사과나무의 관계를 살펴볼까? 이 둘은 어떤 관계를 맺고 있다고 생각하니? 맞아! 결론부터 말하자면 건강하지 못한 의존 관계를 맺고 있어. 사과나무는 어린 소년과 함께 놀아주고 사과도 따 먹을 수 있게 해주었어. 이후 소년이 자라서 돈이 필요하다고 했을 때는 사과를 모두 따가라고 했고, 집이 필요하다고 했을 때에는 줄기를 잘라가라고 했으며, 배가 필요하다고 했을 때는 기둥을 베어가라고 했어. 이후 노인이 되어 돌아온 소년에게는 앉아서 쉴 수 있는 그루터기까지 제공해 주었지. 사과나무의 모습이 마치 부모님처럼 느껴지지 않니? 그리고 사과나무는 전혀 잘못한 것이 없는 착한 존재로 보이지 않니? 충분히 그렇게 생각할 수 있어. 하지만 사과나무에게도 잘못이 있어. 그것은 소년이 요구를 했을 때 스스로 해결할 수 있는 방법을 찾아볼 기회를 주지 않은 점이야. 요구에 무조건 응해주는 것이 사랑이라고 생각을 했기 때문에 결과적으로 소년은 사과나무에게 계속 의존을 하게 된 거란다. '누울 자리보고 다리 뻗는다'라는 속담이 있어. 소년에게 사과나무는 누울 자리였기 때문에 필요할 때마다 다리를 뻗은 셈이지.

사실 사람은 누구나 누군가에, 또 어딘가에 의존하고 싶어 하는 마음을 갖고 있단다. 하지만 생존 경쟁이 치열한 사회를 살아가기 위해서는 자립심도 필요해. 그렇다면 자립심을 키우기 위해서는 어떻게 해야 할까? 일단 무엇이든 내가 먼저 해보려는 마음과 태도를 가져야 해. 실수나 실패를 하더라도 그 과정이 다음에 더 잘 할 수 있는 기회가 된다고 생각을 하는 거지. 이어서 내가 원한 목표의 일부만 달성이 되었더라도 스스로 만족하며, 더 나은 결과를 얻기 위해서는 어떤 노력을 해야 할까 연구해 보는 자세도 필요하단다.

자, 이제 이 정도 설명을 해주었으니 스스로 더 많은 방법들을 찾아볼 수 있겠지? 부디 건강한 의존 관계를 맺고 있는 사람들에게 내가 더 많은 것을 나누어 주기 위해서라도 자립심을 갖춘 사람이 되어주렴.

05

『행복한 청소부』와
'인정 욕구'

5.

『행복한 청소부』와 '인정 욕구'

행복한 청소부 / 모니카 페트 글. 안토니 보라틴스키 그림

아무리 자신의 일을 사랑한다고 해도 사회적으로 더 인정을 받고 명예와 부를 쌓을 수 있는 기회를 마다할 수 있는 사람은 많지 않을 거야. 이 이야기는 음악가와 작가의 이름이 적힌 표지판을 닦는 청소부를 통해, 자신이 너무 모르는 것이 많았다는 깨달음, 이어서 알기 위한 노력의 과정, 진심으로 자신이 좋아하는 일을 택할 수 있는 용기를 보여주고 있단다.

1951년 독일 하겐 시에서 태어난 모니카 페트 선생님은 문학을 전공하면서 어린이와 청소년들을 위해 글을 쓰고 계시단다. 사람들이 살아가면서 생각하는 '가치'에 대해 생각해 볼 수 있는 이야기들을 주로 쓰셨는데, 그 공로로 독일에서 여러 문학상을 받으셨단다.

모니카 페트 선생님의 글에 주로 그림을 그리는 안토니 보라틴스키 선생님은 추상적인 내용을 탁월하게 표현하는 작가라는 평가를 받는 분이란다. 따뜻한 느낌도 주는 그림들은 높게 평가를 받아 오스트리아 아동 및 청소년 문학상을 수상하기도 하셨다는구나.

─ 청소부는 왜 신분 상승의 기회를 거절했을까? ─

　먼저 그림을 보렴. 작은 어항에는 큰 물고기가, 큰 어항에는 작은 물고기가 살고 있단다. 두 물고기는 서로를 바라보면서 어떤 생각을 하고 있을까? 큰 물고기는 커다란 집에 살고 있는 작은 물고기가 부럽다, 작은 물고기는 몸집이 큰 물고기가 부럽다는 생각을 하고 있다고 가정을 해보자. 그렇다면 둘은 왜 그런 생각을 하고 있는 걸까? 이유는 열등감을 갖고 있기 때문이야. 즉 자신을 남보다 못하거나 가치가 떨어진다고 낮추어 평가하는 마음을 갖고 있기 때문이지. 그런데 저 어항이 다른 방에 놓여 있다면 어떨까? 비교할 대상이 없기 때문에 물고기들은 자신의 상황에 만족하면서 살아갈 거야.

사람들은 누구나 인정받고 싶은 욕구를 갖고 있어. 부모님이나 선생님, 친구들로부터 칭찬, 격려, 존중, 인정을 받고 싶어 하지. 하지만 칭찬이나 격려, 존중이나 인정을 그냥 무조건 해주는 사람은 많지 않단다. 심지어 부모님들도 어릴 때에는 마냥 귀엽고 예쁘다고 해주시다가 너희들이 점점 자랄수록 인정에 인색해지게 되니까. 물론 공부나 독서 등을 잘해서 상도 받아오는 등 부모님 어깨에 힘이 들어가도록 하고 있다면 인정을 많이 받겠지만, 모두 공부를 잘하거나 독서에 관심이 있는 것은 아니니까. 그래서 사람들은 무엇인가를 잘해서 인정을 받기 위한 노력을 열심히 한단다.

알프레드 아들러(Alfred Adler)라는 심리학자는 열등감이야말로 모든 사람이 갖고 있는 기본적 요소이며, 그것이 있기 때문에 자신의 삶을 더욱 열심히 살게 된다고 말했어. 또한 열등감이 약점이나 비정상을 의미하는 것도 아니고, 내 자신이 나약하거나 없어 보이거나, 다른 사람에 비해 머리가 좋지 않다고 느껴지거나 덜 멋지다고 느끼는 등의 상태이기 때문에, 지금보다 더 나아지게 하기 위한 동기를 만들어 준다고 한 것이지.

그렇다면 이 책의 주인공인 청소부가 갖고 있었던 열등감, 그리고 자신의 삶을 더 나아지게 만들기 위한 동기는 어디에서부터 비롯되었을까? 이 장면 기억나니?

아저씨는 행복했어. 자기 직업을 사랑하고, 자기가 맡은 거리와 표지판들을 사랑했거든. 만약 어떤 사람이 아저씨에게 인생에서 바꾸고 싶은 것이 있느냐고 물었다면, "없다"라고 대답했을 거야.

어느 날 한 엄마와 아이가 파란색 사다리 옆에 멈추어 서지 않았더라면 계속 그랬을 거야.
"엄마, 저것 좀 보세요! 글루크 거리래요!"
아저씨가 막 닦아 놓은 거리 표지판을 가리키며 아이가 외쳤어.
"저 아저씨가 글자의 선을 지워버렸어요!"
"어디 말이니?"
엄마가 깜짝 놀라 위를 쳐다보며 물었어요.
"저기요, 글뤼크 거리라고 해야 하잖아요?"

청소부 아저씨는 여느 때처럼 열심히 표지판을 닦고 있었어. 그런데 한 엄마와 아이가 지나가면서 나눈 대화를 듣게 되었지. 그때 청소부 아저씨는 자신이 청소를 하면서 만나게 되는 사람들(음악가와 작가)의 이름에 대해 아무 것도 모른다는 생각을 하게 되었어. 작은 아이만큼도 모른다는 생각이 들었지. 아마 이때 아저씨는 부끄러운 감정이었을 거야. 열등감을 느꼈을 테고. 그래서 아저씨는 청소를 마치자마자 집으로 돌아와 그들에 대한 공부를 시작한단다. 그들에 대해 알아야겠다는 동기가 생겼기 때문에, 관련 정보를 모으고 음악회나 오페라에도 참석하고 책을 빌려다 읽기도 했지. 청소부 아저씨의 이런 노력은 어떤 결과를 가져왔니? 맞아! 아저씨가 들려주는 멜로디와 시, 노래, 소설 이야기를 듣기 위해 사람들은 길을 멈추었어. 심지어 아저씨보다 먼저 나와서 기다리기도 하고, 사다리에서 내려올 때는 박수를 치기도 했어. 다음 표지판으로 향할 때에는 계속 따라가기도 했고.

이후 텔레비전 방송에도 나가고 네 군데 대학에서 강연 요청까지 받은 아저씨는 훨씬 유명해질 수 있는 기회를 갖게 되었어. 자신이 어린 아이보다 모른다는 것을 깨달은 뒤 시작한 공부로, 이제는 더 큰 성공을 할 수 있게 된 거야. 하지만 아저씨는 그 제안을 모두 거절했어. 자신의 일은 표지판을 닦는 것이기 때문에 그 일을 계속 하고 싶다고 한 거야. 더 많은 명성을 쌓고 훨씬 더 많은 돈을 벌 수 있었을 텐데 아저씨는 왜 그랬을까? 정확한 이유야 작가 선생님만 알 수 있겠지만, 나는 두 가지 이유를 떠올려 봤어. 첫 번째는 자기 스스로 노력을 해서 성취한 경험을 했기 때문이야. 이미 자신이 스스로를 인정해 주고 있고, 나아가 매일 아저씨의 이야기를 듣기 위해 기다린 사람들이 또 한 번 인정을 해주었으니까. 두 번째는 교수가 된다면 그 집단 내에서 또 다른 열등감을 경험하게 될 수 있기 때문에 합리화를 한 것일 수도 있어. 물론 그 안에서 또 다른 열등감을 느낀다면 더 노력할 수 있는 동기가 생길 수 있지만, 계속 그렇게 살아간다면 너무 힘들 테니까 말이야.

심리학 이론에 의하면 대략 6세가 되면, 우리는 자신에 대해서 가상적 관점을 가지게 된다고 해. 즉, '나는 ○○을 잘해', '나는 ○○에 비해서 더 ○○해'라는 생각을 하게 된다는 거야. 물론 다른 사람에 비해 훨씬 못하는 것들과 자신감이 없는 측면도 많겠지만 열심히 찾아보면 몇 가지쯤은 스스로 인정해 줄 수 있는 부분이 있을 거야. 그런데 이 글을 읽는 동안에도 내 장점이나 능력, 스스로 인정할 수 있는 부분이 떠오르지 않는다면, 나에 대해 조금 더 진지하게 생각할 수 있는 기회를 가져 보렴. 나아가 많은 경험을 통해 스스로 해나갈 수 있는 용기와 자신감을 갖도록 하렴. 청소부 아저씨의 행복을 너도 평생 느끼고 싶다면 말이야.

06

『눈의 여왕』과
'착한 사람 콤플렉스'

6.

『눈의 여왕』과 '착한 사람 콤플렉스'

눈의 여왕 / 한스 크리스티안 안데르센 글

· ·

한 사람을 진심으로 사랑하는 마음에서 나오는 힘은 그 어떤 고난도 이길 수 있단다. 다만 그 결과를 얻기 위해 많은 희생을 해야 하고, 오랜 시간 고통을 견뎌야 하지. 낮이 지나면 밤이 오듯, 우리들의 삶 언저리에는 항상 행복과 불행이 함께 있단다. 이 이야기는 사랑과 희생의 가치를 담고 있어.

덴마크의 오덴세에서 구두 수선공의 아들로 태어난 안데르센 선생님은, 매우 가난한 가정환경 때문에 어린 나이에 공장에서 일을 하기도 했대. 1819년에는 연극배우가 되고자 코펜하겐으로 갔으나 꿈을 이루지 못했고, 1828년에 코펜하겐대학교에 입학하면서 글쓰기를 통해 재능을 드러냈다고 해. 선생님은 1872년까지 총 160여 편이 작품을 발표했는데 모두 유명해졌고, 현재까지 전 세계 모든 나라 어린이들이 그 작품들을 읽고 있단다.

· ·

게르다가 갖고 있던 힘은 무엇일까?

우리나라의 전래동화나 서양의 세계명작동화는 착한 사람에게 복을 주고 악한 사람에게 벌을 준다는 권선징악(勸善懲惡)을 주제로 하고 있단다. 보통 각 나라의 전래동화는 할머니나 할아버지, 혹은 부모님들이 아이들에게 가장 먼저 들려주는 이야기란다. 그렇다면 많고 많은 이야기 중에 왜 전래동화를 먼저 들려주는 걸까? 여러 이유가 있겠지만 우선적으로 그 이야기들이 좋은 사람이 되라는 도덕성에 기인하고 있다는 것이 중요해. 즉, 부모님은 자녀들을 착한 사람, 훌륭한 일을 해내는 사람으로 키우고 싶을 테고, 국가에서도 아이들이 장차 다른 사람에게 해를 끼치지 않고 자신의 맡은 바 일을 열심히 해서 발전에 기여하는 국민이 되기를 바란다는 거야. 따라서 그에 맞는 교육을 해야 하는데, 전래동화를 읽어주는 것이 그 시작인 셈이지.

그렇다면 착하다는 것과 악하다는 것은 무엇일까?(좋은 것과 나쁜 것으로 구분해서 이야기를 해도 된단다) 일반적으로 어른의 기준에서 아이가 착하다고 할 때는, 어른의 말을 거역하지 않고 잘 듣는다, 거짓말을 하지 않는다, 형제나 친구들과 싸우지 않는 등의 모습을 전제하고 있을 거야. 그러면 악하다는 것은 착한 모습의 반대 상황을 의미하겠지. 어른들의 말에 토를 달고 거부를 하거나 거짓말도 하며, 형제나 친구들과 싸우고 자신의 입장만 합리화를 하는 등의 모습 말이야. 그런데 이는 상대적인 기준일 뿐이야. 즉, 너희들이 어른들을 착하거나 악하다고 구분을 한다면 어떤 모습이 기준이 될까? 학원을 보내거나 공부를 하라고 강요를 하며, 친구들과 함께 놀거나 게임은 전혀 하지 못하게 한다면 나쁜 어른일 테고, 반대로 내가 하고 싶은 것들을 모두 허락해 준다면 좋은 어른이 되겠지? 이와 같이 착하다는 것과 악하다는 것, 혹은 좋은 것과 나쁜 것에 대한 규정은 다른 사람들의 판단 기준을 절대적으로 내면화한 결과일 뿐이야. 아직 너희들은 어리기 때문에 어른들로부터 많은 부분 도움을 받아야 할 거야. 따라서 부모님이나 선생님 등 주변의 중요한 어른들은 어떤 판단 기준을 통해 나를 착한 아이로 규정할 것인가에 대해 예민한 거지. 이때 만약 나는 스스로에게 '악한(나쁜) 아이'라고 평가를 한다면 이 말은 '어른들로부터 사랑받지 못하고 버림받을 수 있는 아이'라는 말로 바꿀 수 있어. 가끔 부모님들이 진심은 아니지만 말을 듣지 않는 자녀들에게 위협을 하기 위해 "너, 그럴 거면 나가.

내 아들 아니야."라는 말을 하실 때가 있어. 이 말은 곧 너희들이 어른들의 착함이라는 기준에 부합하지 않는 행동을 했다는 거지. 그러면 이 말을 들은 너희들의 기분은 어떨까? 아마 커다란 불안 감이 밀려 올 거야. 더불어 앞으로는 '착한 아이'가 되어 어른들의 기준에 부합되는 사람이 되기 위해 더욱 애를 써야겠다는 다짐을 하겠지. 왜냐하면 혼자서는 살아갈 수 없는 나이이기 때문에.

그런데 이와 같이 '착한 아이'로 살아야 함을 강요받은 사람들 은 어른이 되어서도 그 생활에 얽매이게 되는 경향이 있어. 그래 서 어디에서나 다른 사람들의 눈치를 보고, 사실 그 말에 동의 하지 않으면서도 갈등이 생기는 것을 원하지 않기 때문에 요구 를 들어주는 선택을 하기도 해. 왜냐하면 그래야 사람들이 나에 게 착하고 좋은 사람이라는 평가를 내려줄 테니까. 하지만 그런 평가를 받기 위해서 자신의 감정이나 욕구는 그렇지 않은 척 억 압을 하겠지. 하지만 그 모습은 내 진심에 의한 선택이 아니었 기 때문에 집에 돌아오면 자책을 하게 되면서 우울감에 빠질 수 도 있어. 대인관계에 있어서도 계속 위축이 될 테고. 자신은 계 속 불행감이 느껴지는데 다른 사람들의 행복을 위한 선택이 과 연 바람직한 것일까? 선생님은 아니라고 생각해.

말과 글은 표면적인 해석을 넘어 심층적인 의미를 해석할 필요가 있는 표현의 방법들이야. 왜냐하면 그래야 그 속에 담긴 말하는 사람의 진짜 의도를 알 수 있기 때문이지. 특히 말의 경우는 어감 따위의 미묘한 차이인 뉘앙스를 잘 해석해야 하는데, 요즘에는 '착하다'라는 말이 '멍청하다', '어리숙하다'와 같은 의미로 사용되기도 한단다. 즉 시대의 변화로 예전과는 달리 부정적인 의미로 사용이 되기도 한다는 뜻이야. 물론 그렇다고 해서 적당히 착하면서 자신의 이익만을 위해 때로는 나쁘기도 해야 한다는 것은 아니지만, 내가 고스란히 감수해야 하는 부정적 측면들이 많이 있음에도 타인만을 위한 착함은 다시 한 번 생각해 봐야 한다는 말이야. 나아가 그 사람의 타고난 인성은 그렇지 않은데 상황이 나쁘게 만들고 있는 것은 아닌가에 대해서도 생각해 보렴. 이와 같이 여러 각도에서의 종합적인 판단을 통해 선과 악을 구분하는 것은 복잡한 현대 사회를 현명하게 살아나가는 방안이 될 거야.

07

『꽃들에게 희망을』과
'자아정체감'

7.

『꽃들에게 희망을』과 '자아정체감'

꽃들에게 희망을 / 트리나 폴러스 글·그림

우리의 미래는 확신할 수가 없단다. 그래서 더욱 궁금하고 신비롭지만, 불투명한 미래에 다가가는 것이 걱정스럽고 힘든 과정이라 여겨지기도 해. 이 책에 등장하는 노랑 애벌레와 호랑 애벌레, 그리고 탑을 쌓으며 하늘을 향해 오르는 애벌레들은 우리들의 모습이야. 높은 곳을 지향하지만 그 끝이 어디인지, 왜 그래야 하는지도 모른 채 맹목적일 수 있는. 결국 나비가 될 수 있다면 다행이지만, 그 전에 탑에서 떨어져 죽었거나 여전히 탑만 오르고 있는 애벌레들이 더 많단다. 이 이야기는 성장과 발달의 과정을 통해 나의 위치와 미래의 꿈에 대해 생각해 볼 수 있는 작품이란다.

트리나 폴러스 선생님은 글을 쓰는 작가이면서 동시에 조각가이자 국제여성운동단체에서 활동하고 있는 운동가이기도 해. 이 책의 소재가 애벌레와 나비인 것도 어쩌면 자신이 유기농법으로 직접 농사를 짓고, 그 식품의 우수성을 알리는 노력을 기울이는 사람이기 때문일 수도 있어. 전 세계에 희망을 전파하는 일을 인생의 목표로 삼고 있기 때문에, 가장 좋은 방법이라고 생각하는 책을 쓰고 있다고 한단다.

애벌레들이 찾고자 한 것은 무엇일까?

철학은 인간과 세계에 대한 근본 원리와 삶의 본질 따위를 연구하는 학문을 말해. 즉 세계에 대한 근본 원리와 삶의 본질에 대해 깨닫기 위한 학문이라고 할 수 있지. 이 용어는 소크라테스라는 사람으로부터 시작된 것으로, "나는 누구인가?"라는 질문은 철학이라는 말이 만들어질 때부터 중요한 문제였다고 해. 하지만 아직도 정답이 나오지 않았는데, 그 이유는 전 세계에 살고 있는 모든 사람들에게 공통적으로 적용될 수 있는 답안이 없기 때문이야.

그러므로 이 질문에 대한 답은 결국 스스로 찾아야 한다는 결론이 나오는데, 그렇다면 너는 이 질문에 대해 어떤 답변을 하겠니? 대부분의 사람들은 "제 이름은 ○○○입니다.", "제 나이는 ○살입니다.", "제 가족은 ○명입니다.", "저는 ○○에 다니고 있습니다."의 순서로 자신에 대해 증명하고자 한단다. 하지만 이런 답변만으로 '나'에 대해 알고 있다고 말할 수 있을까? 그렇지 않아. 사람의 몸 구조가 복잡한 것처럼, 생각이나 마음의 넓이와 깊이를 전부 헤아릴 수 없는 것처럼, '나'는 굉장히 많은 것들로 이루어져 있단다. 따라서 "나는 누구인가?"라는 질문에 대한 답변은 섣불리 할 수 없는 것인지도 몰라. 그래서 어떤 사람들은 종교를 통해, 또 어떤 사람들은 독서와 여행 등의 체험을 통해서 답을 구하고자 끊임없이 노력한단다. 나를 찾기 위한 여행을 떠나는 거지.

이 책 『꽃들에게 희망을』에도 자신들이 누구인지 알고 싶어 길을 떠나는 애벌레들이 등장한단다. 그 과정은 하나씩 깨달음을 얻어가는 내용으로 전개가 되는데, 그렇다면 호랑 애벌레를 중심으로 따라가 볼까? 아주 옛날, 세상에 태어난 호랑 애벌레는 배가 고프다는 생각이 들자 초록빛 나뭇잎을 갉아먹기 시작해. 그러다가 그저 먹고 자라는 것만이 삶의 전부가 아닌 다른 무언가가 있을 거라는 생각에 이르게 되지. 그래서 길을 떠났는데 하루는 무척 바삐 기어가고 있는 애벌레 떼와 그들이 만든 하늘로 치솟고 있는 커다란 기둥도 보게 돼. 그 순간 호랑 애벌레는 자신이 찾는 것이 그곳에 있을지도 모른다는 생각에 산더미 같은 애벌레들 틈에서 밟고 밟히며 꼭대기를 향해 올라가는 것에만 집중을 한단다. 하지만 노랑 애벌레를 만나면서 사랑을 통한 행복을 알게 되어 잠시 기둥을 벗어나게 되지. 그러나 그런 행복도 잠시뿐, 호랑 애벌레는 위로 올라가는 것에 대한 미련을 버리지 못했기에 다시 길을 떠나고, 혼자 남겨진 노랑 애벌레는 자신이 원하는 것이 때때로 바뀐다는 것, 따라서 그 이상의 것이 있을 거라는 생각을 한단다. 그러다가 고치가 되고 있는 늙은 애벌레 한 마리를 만나면서 자신이 나비가 되어 사랑의 꽃씨를 날라다 줄 수 있는 존재가 될 수 있음을 알게 된단다. 또한 그 꿈을 이루기 위해서는 하나의 애벌레로 사는 것을 포기할 만큼 간절하게 날기를 원해야 한다는 것도 배우게 된단다. 자, 그렇다면 이 이야기는 어떻게 끝이 났을까? 맞아, 호랑 애벌레도 결국 한 마리 나비가 되었지. 이 책에서 나비가 된다는 것은 "나는 누구인가?"라는 질문의 답을 찾았다는 것에 대한 상징적 표현이란다. 즉, 자신의 정체성을 비로소 찾았다는 뜻이야.

그렇다면 모든 애벌레들이 나비가 되었을까? 시간이 흐르면 저절로 나비가 되는 걸까? 절대 그렇지 않아! 태어나자마자 다른 동물들에게 잡아먹힌 애벌레도 있었을 테고, 기둥을 오르다가 떨어진 애벌레들도 있었을 거야. 또한 고치에서 나오지 못해서 그대로 죽는 등 여러 경우의 수가 있을 거야. 그만큼 자신의 정체성을 찾아서 무엇이 된다는 것은 오랜 시간이 걸리는 일이면서도 많은 변화를 이겨내야 하는 과정이란다. 이와 관련해 다시 책의 내용을 잠깐 살펴볼까?

> 나를 잘 보아라. 나는 지금 고치를 만들고 있단다. 내가 마치 숨어 버리는 것같이 보이지만, 고치란 피해 달아나는 곳이 아니란다. 변화가 일어나는 잠시 머무는 여인숙과 같은 거야. 애벌레의 삶으로 결코 다시는 돌아갈 수 없는 것이니까, 그것은 하나의 커다란 도약이지. 변화가 일어나고 있는 동안 너의 눈에는 혹은 그것을 지켜보고 있는 누구의 눈에도 별다른 변화가 없는 것처럼 보일지 모르지만 이미 나비가 만들어지고 있는 거란다. 오직 시간이 좀 걸린다는 것뿐이지!

앞서 말한 것처럼 "나는 누구인가?"라는 질문에 대해 답을 한다는 것은 복잡하고도 어려운 일이야. 그래서 너희들도 당장 답을 할 수는 없을 거야. 그러니 대신 범위를 좁혀서 "나는 어떤 일을 하는 사람이 되고 싶은가?"라는 질문에 대해서 먼저 생각해 보렴. 그런데 이 질문에 대한 답을 하기 위해서는 "나는 무엇에 관심이 있는가?", "나는 어떤 것을 잘하는가?"라는 질문을 대한 답을 먼저 생각해 봐야 하겠지? 이와 같이 '나'를 중심으로 한 가지씩 질문을 정하고 그에 대한 답을 찾아나가도 보면, 먼 훗날 "나는 누구인가?"라는 질문에 대해 답변을 할 수 있게 될 거야. 어차피 정답이 없는 질문이지만, 스스로 만족할 수 있는 답변을 할 수 있다는 것은 그만큼 인생을 열심히 살았다는 증거가 될 거란다.

08

『심청전』과
'심리적 대물림'

8.

『심청전』과
'심리적 대물림'

심청전 / 작자 미상

일찍 돌아가신 어머니를 대신해 아버지를 봉양하다가, 끝내 인당수에 몸을 던져 아버지의 눈을 뜰 수 있게 하려던 심청이는 효녀의 대명사야. 하지만 반대로 생각해 보면 무책임하고 무능력한 부모를 만나 힘들게 살다가 목숨까지 잃을 뻔했던 불쌍한 자녀의 대명사가 될 수도 있지. 다행히 아버지는 눈을 뜨게 되고 심청이 또한 황후가 되었으므로 행복하게 살았을 테지만, 현대적 관점에서도 부모-자녀의 관계에 대해서 생각해 볼 수 있는 이야기야.

고전 소설 중에는 이야기를 지은 사람이 명확하게 밝혀지지 않은 것들이 있단다. 상황이 그렇다 보니 입에서 입으로 전해지면서 다른 버전의 이야기가 만들어지기도 하는데, 심청전 또한 작자 미상의 작품이야.

청이는 왜 고난을 겪어야만 했을까?

『심청전』이라는 작품은 우리나라 사람들이 모두 알고 있는 고전 중 하나야. 그런데 이 작품을 읽을 때마다 화가 난다는 분들이 계셔. 왜냐하면 어린 청이가 부모를 대신해서 해결해야 할 일들이 많았고, 그 일이 목숨을 걸어야 할 만큼 크기도 했기 때문이지. 물론 청이의 부모님 중 그 누구도 귀한 딸에게 그런 짐을 짊어지게 하고 싶지는 않았을 거야. 그러나 결론적으로는 그렇게 되어 버렸지. 다행히 청이는 살아나 황후가 되었고, 눈을 뜨게 된 아버지도 만나서 남은 생을 편하게 살 수 있게 되었으니 이보다 더 좋은 결말은 없을 거야. 정말 다행이라는 생각과 함께 당연한 보상처럼 여겨지지만, 여전히 어린 청이가 왜 그런 고난을 겪어야 했는지 이해가 안 되는 부분은 있어.

그렇다면 청이는 왜 그런 고난을 겪어야만 했는지 분석해 볼까? 그 시작은 주 양육자인 어머니의 죽음 때문이야. 이미 알고 있다시피 어머니는 청이를 낳고 나서 얼마 지나지 않아 돌아가셨어. 아마 청이를 낳던 중 무슨 문제가 생겼던 것 같은데, 지금처럼 병원에 가서 의사의 도움을 통해 아이를 낳던 시대가 아니었기 때문에 적절한 조치를 제때에 취하지 못한 거겠지. 아마 청이의 어머니는 죽는 순간까지 많은 걱정을 했을 거야. 자신의 죽음이 청이에게 어떤 어려움을 초래할 것인가 예측을 했을 테니까.

이어서 청이가 고난을 겪게 된 두 번째 원인은 시각장애가 있는 아버지 때문이야. 물론 아버지는 눈이 보이지 않는 상황에서도 청이를 키우기 위해 젖동냥을 다녔어. 그러나 아이를 키운다는 것은 배고픔을 달래주는 것만으로 끝이 아니란다. 그 밖에도 여러 측면에서 적정한 때에 적절한 지원을 해주어야 하지. 게다가 청이의 아버지는 상처 입은 내면 아이가 있는 사람이었을 거야. 내면 아이란 이미 몸은 성인이지만 어렸을 때 상처 받은 아이가 몸 안에 남아 있다는 의미란다. 청이의 아버지가 태어났을 때부터 시각장애인이라고 가정을 한다면, 아마 자라면서 많은 놀림을 받았을 테고 스스로도 여러 한계에 부딪히면서 크고 작은 상처를 많이 받았을 거야. 그렇다면 그 부분이 내면 아이로 남아 있었을 테고, 기회가 있을 때마다 그 아이에게 적절한 보상을 해주어 치료하고 싶은 마음도 갖고 있었을 거야. 결국 이런 아버지의 심리 상태는 물에 빠진 자신을 건져 주면서 공양미 삼 백 석을 부처님 앞에 바치면 눈을 뜰 수 있다는 스님의 제안에 덥 석 약속부터 하는 우를 범하게 만드는 결과를 가져왔단다. 결론 적으로 청이는 부모의 부재와 결핍이라는 이중고를 바탕으로 여 러 고난을 맞이할 수밖에 없었던 거야.

마지막으로 청이가 고난을 겪을 수밖에 없었던 세 번째 이유 는 시대적 배경이 조선시대였다는 점에 있어. 지금도 성 역할을 구분 짓고 강요하는 문화가 남아 있지만, 조선시대에는 훨씬 더 철저히 남자와 여자의 역할이 구분되어 있었어. 게다가 자식들 은 부모에게 효도를 해야 한다는 도덕적 의무가 강했지. 따라서 청이는 어렸을 때부터 어머니를 대신해 집안 살림을 도맡아 해 야 했고, 아버지 또한 모셔야 했지. 공양미 삼백 석에 자신의 목 숨을 파는 장면은 조선시대에서 자식의 부모에 대한 효도를 어 느 정도로 중요하게 여겼는지 엿볼 수 있는 대목이야. 그 시대가 결국 청이를 인당수와 용궁으로 이끈 것이며, 청이는 그 선택을 통해 조선시대를 대표하는 효녀의 상징적 인물로 오늘날까지 회 자되고 있는 것이라고 할 수 있지.

어때, 선생님이 들려준 이야기가 잘 이해가 되었니? 나름 어 려운 이야기라서 잘 이해를 하고 있는지 모르겠다. 게다가 알고 나면 무시무시한 이야기이기도 해서 글을 읽으면서 어떤 기분을 느끼고 있는지 궁금하기도 해. 왜냐하면 너희들의 부모님에게도 내면 아이가 있을 수 있고, 이미 너희들에게 심리적 대물림이 이루어졌을 가능성 또한 높으니까. 게다가 그 대물림이 너희에게서 끝나는 것이 아니라, 그 다음, 그 다다음 세대에게도 이어질 수 있으니까. 그렇다면 어떻게 해야 할까? 우선 부모님의 문제는 너희들이 해결해 줄 수 없다는 점을 명심하렴. 가끔 자신들이 이루지 못한 바를 자식들에게 강요하는 부모님들이 계시는데, 이 또한 내면 아이의 작용일 수 있단다. 하지만 그것은 자신들의 문제이기 때문에 스스로 해결을 해야 하는 문제인 거지, 누군가 대신 해줄 수는 없는 거란다. 그러니 그 부분은 부모님들이 깨닫고 해결해 나갈 수 있도록 둘 필요가 있고, 다만 너희들에게 어떤 문제들이 있다면 적극적으로 해결해 나갈 필요가 있어. 왜냐하면 그렇게 해야 내면 아이가 남아 있지 않아서 심리정서적으로 건강하고 행복한 삶을 살아갈 수 있고, 미래의 자녀들에게 심리적 대물림 또한 이루어지지 않을 테니까 말이야. 이 글의 핵심 주제를 한 문장으로 정리하면 다음과 같단다. 건강한 부모가 건강한 자식을 키운다!

09

『너 정말 우리말 아니?』와
'공격성'

9.

『너 정말 우리말 아니?』와 '공격성'

너 정말 우리말 아니? / 이어령 글

말은 많을수록 실수할 확률 또한 높아진다고 해. 이때의 실수는 문법적인 것만이 아니라 상대에게 실례를 범하는 것도 포함이 된단다. 따라서 우리는 항상 말을 할 때 여러 번 생각을 해서 가능한 바르고 고운 표현을 사용할 수 있도록 노력을 해야 해. 즉, 말이 만들어 내는 빛깔이 밝고 모양 또한 아름답게 빚어낼 수 있다면, 그것이 곧 나를 나답게 지키고 가꾸는 말이 될 거야.

이어령 선생님은 1934년도에 충청남도 아산에서 태어나셨어. 선생님의 어머니께서는 책을 무척 좋아하셔서 항상 책을 읽어주셨는데, 그 영향 때문인지 법관이나 의사가 되기를 바라는 가족들 몰래 국문학과에 들어가서 공부를 하셨대. 그 뒤 24세에 문학평론가가 되셨다고 하니 문학에 대한 이해가 뛰어났던 분이셨을 거야. 그 외에도 선생님은 문화체육관광부 장관, 교수, 언론인 등의 역할도 하셨으며 어린이와 어른들을 위한 책도 많이 쓰고 계시단다.

욕을 하고 나면 기분이 풀릴까?

욕에도 종류가 있다는 사실을 알고 있니? 동아대학교 교육학과에서 학생들을 가르치고 계신 강기수 교수님은 「욕의 인간학적 기능」이라는 논문에서 욕을 몇 가지 종류로 구분하셨대. 그렇다면 욕은 어떻게 구분될 수 있을까?

1번 : 쌍욕

쌍욕에는 억울함과 서러움, 증오와 적개심 등의 부정적 감정이 담겨 있는 것이 특징이야. 그래서 그 감정을 말에 담에 겉으로 드러내는 것이 특징이란다. 쌍욕에 들어갈 수 있는 종류에는 'ㅆ'으로 시작하는 욕, 동물이 빗대어서 하는 욕, 신체를 훼손하거나 질병과 연관시켜 하는 욕 등이 있대. 가장 강도가 세기 때문에 듣는 상대방도 부정적 감정이 생길 수밖에 없을 것 같구나.

2번 : 감탄사로 시작하는 욕

감탄사로 시작하는 욕은 자기도 모르게 나오는 욕을 말해. '아 뿔싸'와 같이 어떤 일에 당황하면 나도 모르게 나오는 말이 있는 것처럼, 상황이 나에게 불리하게 돌아갈 때 정당화하기 위해 사용하는 욕이라고 하는구나. 대표적인 예로는 '제기랄' 등이 있어.

3번 : 방귀욕

방귀욕은 쌍욕보다는 약하지만 그래도 노여움과 분노의 감정을 담아 공격하기 위한 목적으로 하는 욕이라고 해. 예를 들어 '그래, 너 잘 났다!'나 '뛰어봤자 벼룩이지' 등이 있어.

4번 : 일상욕

일상욕은 상대방을 공격하기보다는 그 상황에서 재미를 유발하기 위한 목적이 강한 욕이라고 해. 어른들이 아이들을 볼 때 귀엽다는 말을 많이 하는데, 그 정도의 느낌이라고 생각하면 되겠다. 예를 들어 '호강에 겨워서 요강에 똥 싼다'라거나 '오줌에 씻겨 나와 똥물에 헹군 놈' 등이 있어.

5번 : 채찍욕

1번부터 4번까지는 하는 사람이 입장이 담긴 욕이라면, 5번의 채찍욕은 듣는 사람의 입장이 강해. 왜냐하면 채찍욕은 듣지 말아야 할 욕을 의미하거든. 그래서 어른들이 아이들에게 교육을 시키거나 처벌을 시키고자 할 때 하는 욕이라고도 해. 예를 들어 '이런 굼벵이 같은 놈' 등이 있어. 너무 느리니까 조금 더 빨리빨리 행동을 하라는 의미겠지?

욕을 이렇게 다양하게 구분할 수 있다는 점이 신기하지 않니? 어떤 부분은 재미있기도 하고 부정적인 감정을 표현하는 것만은 아니기 때문에 감정 해소와 친근감 표시를 위해 적당히 해도 될 것 같기도 하고 말이야. 그러나 듣는 사람과 상황에 따라 오해가 발생할 수 있는 욕보다는 바르고 고운 말을 사용해 자신의 감정이나 생각을 전달하는 것이 더 좋아. 왜냐하면 욕은 부메랑과 같아서 반드시 자신에게 어떤 결과로 돌아올 수밖에 없거든. 만약 그 결과가 '되로 주고 말로 받은' 결과라면 최악의 상황일 테고, '때린 놈은 다리를 못 뻗고 자도 맞은 놈은 다리를 뻗고 잔다'는 정도의 상황이라면 그나마 낫겠으나, 이 또한 최상의 결과라고 할 수는 없단다. 왜냐하면 시간이 지날수록 부정적인 말을 내뱉은 자신이 한심하게 느껴질 수도 있으니까.

그나저나 『너 정말 우리말 아니?』라는 책을 왜 선정했는지 궁금하다고? 사실 이 책은 욕과 직접적은 관련은 없단다. 다만 우리나라에서 가장 글을 잘 쓰신다는 평가를 받는 작가 선생님의 책을 너희들에게 소개하고 싶었단다. 더불어 바르고 고운 우리말에 대해 공부를 하다보면, 말과 글의 중요성을 더 크게 느껴 자연스럽게 욕을 줄이지 않을까 하는 생각에 고르기도 했지. 이어령 선생님께서는 말을 우리 생각이 살고 있는 집이라고 표현하셨단다. 왜 집이라고 표현하셨을까? 아마 집 안에 머물러 있을 때는 내가 하고 싶은 대로 다 해도 괜찮지만 밖으로 나갈 때는 깔끔하고 예쁘게 꾸미는 것처럼, 말도 그렇게 할 필요가 있다는 점을 비유적으로 강조하신 걸 거야. 왜냐하면 한 번 내뱉은 말은 주워 담을 수가 없으니까. 그러니 너희들은 아무 말이나 입에서 나오는 대로 내뱉기보다 신중을 기해서 이야기를 하는 진중하고 예의바른 사람이 되기를 바란다.

10

『여보세요, 생태계 씨! 안녕하신가요?』와
'공생을 위한 모방'

10.

『여보세요, 생태계 씨! 안녕하신가요?』와

'공생을 위한 모방'

여보세요, 생태계 씨! 안녕하신가요? / 윤소영 글, 이유정 그림 / 낮은산

생물들이 살아가는 세계인 생태계에는 살아 있는 것들이 가득해. 하지만 환경과 영향을 주고받기 때문에, 결국 죽음을 맞게 되고 어떤 종은 아예 멸종이 되기도 한단다. 따라서 만물의 영장이라 불리는 사람들도 언젠가는 멸종 위기가 닥칠 수도 있다는 경각심을 바탕으로, 다른 생물들과 공생할 수 있는 방법을 찾아 나가야 해. 이 책은 그 방법을 모색하면서 사람들에게 참여를 호소하고 있는 내용이란다.

윤소영 선생님은 학교에서 학생들을 가르치는 분으로 과학에 많은 관심을 갖고 계시다고 해. 그래서 다른 사람들도 과학을 좋아했으면 하는 마음, 특히 환경보호의 중요성을 알고 함께 실천할 수 있었으면 하는 바람으로 관련 책들을 기획하고 직접 쓰기도 하신대.

── 어떻게 하면 함께 살아갈 수 있을까? ──

생태계는 생물들이 살아가고 있는 세계를 말한단다. 생물들이 살아가기 위해서는 적절한 햇빛, 공기, 물, 흙 등 여러 조건들이 충족되어야 하는데, 지금까지 확인된 바로는 태양계의 많은 행성들 중에 지구에만 생물이 살고 있다고 한단다. 지구라는 행성 안에서 200만 종이나 된다는 생물들은 서로에게 크고 작은 영향을 미치며 살아가고 있는 거야. 따라서 지구라는 행성에 만물의 영장이라고 하는 사람으로 태어난 것은 크나큰 행운이라고 생각을 하면서, 이 생물들이 오랫동안 살아갈 수 있도록 노력을 기울여야겠다는 다짐도 했으면 좋겠구나.

하지만 학교에서도 수업시간을 통해 배우고, 환경 관련 책을 읽으면서 다짐도 해보고, 쓰레기 분리수거 등 직접 실천도 하고 있지만 지구의 환경은 날로 나빠지고 있다고 해. 이미 멸종된 생물들이 있는 등 생태계 역시 계속 위협을 받고 있는 중이지. 물론 사람은 모든 생물들을 지배할 만큼의 힘을 갖고 있기 때문에 쉽게 멸종이 되지는 않겠지만, 결국 위험할 거라는 점에 대해서는 누구나 예측할 수 있는 일이야.

그래서 선생님은 함께 살아내기 위해서라도 적절한 모방이 필요하다고 생각한단다. 모방(模倣, imitation)은 다른 것을 본뜨거나 본받는다는 뜻을 갖고 있단다. 예를 들어 너에게 형이나 누나, 오빠가 있다고 가정을 해보자. 그런데 그들이 부모님에게 어떤 행동을 하고 칭찬받는 모습을 봤어. 그렇다면 너도 칭찬을 받고 싶을 테니 그 행동을 따라하게 될 거야. 이처럼 사람들은 태어나 자라면서 첫 선생님이라고 할 수 있는 부모님들을 보고 모방을 하면서 사회학습을 시작한단다. 이후 어린이집과 유치원, 학교, 그리고 여러 학원들을 다니며 많은 선생님과 친구들, 그 외 여러 사람들을 통해 살아가는데 필요한 기술들을 익힌단다. 매 순간마다 나에게 더 유리하고 이득이 될 수 있는 선택을 하기 위해서 말이야.

하지만 사람들이 늘 바르고 좋은 행동만 모방을 할까? 그렇다면 정말 좋겠지만 알다시피 부정적 측면의 모방을 할 때도 많아. 예를 들어 어린이와 청소년들 가운데 습관처럼 욕을 하는 경우가 있는데, 욕 또한 모방 학습의 결과인 경우가 대부분이지. 횡단보도에서도 초록불이 들어오기를 기다리는 사람들 속에, 어떤 한 사람이 신호를 무시하고 길을 건너면 서둘러 따라가는 사람들도 있어. 이런 예들은 직접적으로 환경오염에 영향을 미치지는 않겠지만 말이야. 그렇다면 지구 환경과 생태계, 나아가 우리들을 위협하는 부정적 측면의 모방에는 어떤 예들이 있을까? 선생님은 가장 먼저 쓰레기 무단 투기가 생각나는구나. 여름에는 날씨가 덥기 때문에 자연스럽게 시원한 음료를 많이 마시게 돼. 그런데 마시고 난 용기들은 짐이 될 뿐이야. 마침 주변에 쓰레기통도 없다면 '이걸 언제까지 들고 다녀야 하나?'라는 생각이 들고, 휴대폰을 조작하는 데에도 불편함을 느끼기 시작할 거야. 따라서 재빨리 버려야겠다는 선택을 하게 되는데, 특히 지하철이나 지하도로 진입하는 계단에 버리는 경우가 많아. 아니면 자신이 앉았던 벤치 등에 그냥 두고 일어서는 경우도 많지. 그런데 문제는 어느 한 사람이 버린 흔적을 발견하는 순간 다른 사람들도 그곳에 버리면서, 그곳은 순식간에 쓰레기장이 되어 버려. 물론 점점 지저분해지겠지? 하지만 나는 서둘러 그곳을 떠나면 된다는 생각으로, 다른 누군가 알아서 치워줄 거라는 생각으로, 잠깐의 죄책감을 내 개인의 편리함으로 합리화를 한단다.

지구상에는 인간에게 발견된 생물종이 200만, 발견되지 않은 것은 그 10배가량 될 거라고 해. 그런데 지구를 오염시키는 생물은 사람이 유일하단다. 200만분의 1의 비율밖에 차지하고 있지 못한 사람들이 그 외 종들을 지배하는 것도 모순이지만, 가장 영리하다는 사람들만 지구를 훼손시키고 있다는 점 또한 부끄러워해야 할 점이라고 생각해. 그래도 다행인 건 사람에게는 생명을 사랑할 수밖에 없는 본능이 있다고 해. 그래서 많은 사람들이 환경을 지키기 위한 단체를 만들어 전 세계적인 운동을 벌이기도 한단다. 그러나 삶의 터전을 지키는 것은 특정한 사람들만이 해야 할 몫의 일이 아니란다. 자칫하면 내 가족과 자신이 죽고, 나아가 미래의 후손들은 태어나 살 수 있는 곳이 없을 수도 있다는 심정으로 노력을 해야 해. 쓰레기 분리수거부터 시작해서 환경을 위해 할 수 있는 일들을 찾아 적극적으로 모방을 해야 한다는 이야기란다.

이 책 『여보세요, 생태계 씨! 안녕하신가요?』에는 고래, 침팬지, 고등어, 북극곰, 코끼리 같은 익숙한 이름에서부터, 모나크나비, 어룡, 대모 등 생소한 동물들이 생명과 자연을 이야기해 준단다. 따라서 이 책을 읽으면 다른 동물들의 관점에서 자연과 생명을 들여다 볼 수 있는 기회를 얻을 수 있을 뿐만 아니라, 감수성도 키울 수 있을 거야. 내 주변 어느 곳을 둘러봐도 생태계 씨들이 안녕하다고 답하는 소리가 들려올 때까지, 그 감수성을 유지하기 바란다.

11

『어린 왕자』와

'사회성'

11.

『어린 왕자』와
'사회성'

어린 왕자 / 앙투안 마리 로제 드 생텍쥐페리 글

전 세계적으로 사랑받는 작품이자, 우리나라에서도 가장 많은 출판사가 번역을 해서 출간을 한 작품이라고 하는 어린 왕자. 이 작품은 소행성 B612호에서 온 어린 왕자가 지구별을 여행하면서 겪은 일들을 담고 있어. 특히 여러 만남에 따른 형성된 관계는 사회적 동물이라고 불리는 사람들에게 생각할 거리를 많이 남겨주고 있단다.

1900년 프랑스 리옹에서 다섯 남매 중 셋째로 태어난 생텍쥐페리 선생님은, 청소년기에 제1차 세계대전을 겪으면서 민간 조종사 훈련을 받아 비행을 할 수 있었다고 해. 그런데 선생님에게 있어 비행은 제2차 세계대전 때 정찰을 위해 나갔다가 행방불명이 될 때까지 매우 큰 의미가 있는 일이었기에, 남겨진 작품에도 영향을 미쳤다고 전해진단다. 선생님은 1931년 『야간비행』으로 페미나상을, 1939년 『인간의 대지』로 아카데미 프랑세즈 소설 대상을 받으셨는데, 전쟁이 아니었다면 더 좋은 작품들을 많이 남기셨을 거라고 생각하니 안타까운 마음이 든다.

사람의 마음을 얻는 것이 왜 어려울까?

'혼밥'이라는 말을 들어본 적이 있니? '혼자 밥 먹기'의 줄임말로, 우리나라에도 1인 가족이 늘면서 자연스레 등장한 말이라고 해. 불과 얼마 전까지만 해도 혼자 식당에 가서 밥을 먹거나 영화관에 가서 영화 보는 것을 부끄러워하며 꺼리던 사람들이 많았는데, 그사이 문화가 많이 바뀌었다고 할 수 있지.

그렇다면 왜 1인 가족을 지향하는 사람들이 늘어나고 있을까? 여러 이유가 있겠지만 복잡한 사회 속에서 많은 관계를 맺으며 사는 것이 힘들다고 생각하기 때문일 거야. 또한 인터넷 등 미디어 매체의 발달, 과학 기술의 발달이 다른 사람의 도움을 받지 않아도 편리하게 살아갈 수 있는 환경을 제공해 주기 때문이기도 하지. 주변에 의존하지 않고 혼자서 생각하고 결정을 빨리할 수 있다는 장점, 그 결과에 대한 책임은 자신이 감당하면 되기 때문에 합리적이라고 생각하는 것도 중요한 측면일 수 있어.

하지만 사람은 기본적으로 사회를 이루게 되어 있는 동물이라고 해. 왜냐하면 함께 도우며 살아가는 것이 생존에 유리하기 때문이란다. 독일의 철학자인 L. A. 포이어바흐는 "인간의 본질은 인간과 인간을 연결하는 공동체 안에 있는 것이다."라는 말을 했다고 해. 즉 '너' 없이는 '내'가 존재할 수 없고, '우리'가 없이는 '내'가 존재할 수 없다는 사실을 강조한 거란다. 실제 우리의 삶을 살펴보면 대부분의 사람들이 관계를 맺으며 살아가는 것을 알 수 있어. 이 과정을 사회화(socialization)라고 하는데, 사회화는 인간이 그가 속한 사회의 한 구성원으로 성장해 가는 과정, 즉 함께 살아가는데 필요한 언어, 사고방식, 역사, 생활습관, 법과 도덕들을 배울 수 있는 환경을 만들어 내는 것을 의미한단다. 가정에서 혹은 학교나 학원 등의 사회에서 사회화를 위해 많은 것들을 배우고 있는 셈이지. 이 과정은 각 개인이 가지고 있는 성향들을 조절할 수 있는 기회를 준단다. 즉, 사회화에 유리한 측면은 계속 발달을 시키고 불리한 측면은 고치거나 없앨 수 있도록 만들어 주는 거지. 예를 들어 친절한 사람들은 어디를 가든 누구에게든 환영을 받지만, 화를 내는 사람들은 그렇지 못해. 따라서 사회화 과정에서 화는 참는 대신 친절한 모습을 더 갖추기 위한 노력을 하겠지. 이러한 사회적 존재로서의 인간, 즉 한 사람이 사회에 적응을 얼마나 하느냐, 대인 관계를 어느 정도로 맺을 수 있느냐의 정도를 '사회성'이라고 하는 거야.

이쯤 되면 내 사회성은 얼마나 높을까 궁금하지 않니? 공존지수, 인맥지수라고도 불리는 NQ(network quotient)라는 것이 있는데, 이것은 사람들과 더불어 잘 살아갈 수 있는 능력을 측정하는 지수를 말해. 즉 다른 사람들과 더불어 잘 살아갈 수 있는 능력을 의미하기 때문에, NQ가 높을수록 다른 사람들과 원만한 관계를 유지한다고 해. 그렇다면 이 검사를 어떻게 받아볼 수 있냐고? 내가 왕따를 당했거나 관계에 어려움을 느끼는 사람이라면 필요하겠지만, 그런 상황이 아니라면 굳이 검사를 해볼 필요는 없어. 대신 주변 사람들과의 관계를 생각해 보렴. 내가 사회성이 높은 사람이라면 가족은 물론 친구, 이웃들과 잘 지낼 테니까. 또한 그 사람들이 나를 좋은 사람이라고 생각해 줄 테니까. 하지만 반대로 사회성이 부족하면 집단 내에서 왕따가 될 수 있고, 다른 문제들과 결합이 되면서 자신의 생각이나 욕구, 감정들을 제대로 표출시키지 못해서 부정적인 자아개념을 가질 수도 있어. 결국 사회생활을 제대로 하지 못한 채 도덕이나 법을 어기는 행동을 하는 등 자신은 물론 사회에 해를 끼치는 일을 할 수도 있단다. 따라서 우리 모두에게는 사회화 과정이 필요하고, 사회성을 발휘해 관계를 형성할 수 있어야 해.

그러나 '어린 왕자'에서도 말하고 있듯이 사람의 마음을 얻는 일은 세상에서 가장 어려운 일이야. 서로를 길들여 떨어질 수 없는 사이가 되고, 이 세상에서 단 하나의 존재가 된다는 것은 힘든 일이지. 그럼에도 어린 왕자가 장미꽃을 위해 많은 시간을 소비하고 소중하게 여긴 것처럼, 내가 관계를 맺고 있는 모든 것들을 소중하게 여기며 대한다면 마음을 얻을 수 있을 거야. 비로소 진정한 친구가 될 수 있는 거지. 또한 내가 다른 사람들에게 바라는 것을 그 사람들에게 해주는 것도 좋은 방법이야. 반대로 말하면 내가 싫어하는 것은 다른 사람들에게도 하지 않는 거지. 이 법칙은 '황금률'이라고 부르는데, 황금이라고 부르는 이유는 아주 쉽게 실천할 수 있으면서도 모든 사람에게 통하는 소중한 말이기 때문이란다.

1967년 미국 하버드대 스탠리 밀그램 교수는 6명만 거치면 전 세계 모든 사람들이 서로 서로 모두 연결된다는 '6단계 분리 이론(six degrees of separation)'을 주장했다고 해. 사실 그의 연구 목표는 미국에 살고 있는 서로 모르는 두 사람 간의 거리를 알아보고자 한 것이었는데, 연구를 해보니 그런 결과가 나왔다는 거야. 또한 2008년 마이크로소프트(MS)사의 연구원인 에릭 호르비츠(Horvitz)는 인터넷 대화프로그램인 MS 메신저에서도 평균 6.6명을 거치면 서로 연결된다는 유사한 결과를 발표하기도 했다고 해. 이런 결과를 보면 전 세계인들은 의외로 가깝게

이어져 있다는 것을 알 수 있어. 그러므로 내가 만나는 사람들에게 관심을 갖고 보다 친근한 관계가 되기 위한 노력을 해보렴. 그렇다면 전 세계인들과 친구가 되는 일이 어렵지 않을 거야.

12

『크리스마스 캐럴』과
'나눔'

12.

『크리스마스 캐럴』과 '나눔'

크리스마스 캐럴 / 찰스 디킨스 글

해마다 크리스마스가 다가오면 많은 사람들이 가장 먼저 떠올리는 이야기 중 하나가 바로 이 작품이야. 이야기 속 주인공 '스크루지'는 자린고비의 대명사이자 악덕 사장님이지만, 자신의 잘못을 뉘우치고 나눔을 실천한 반전의 아이콘이기도 해. 나눔과 배려는 전 세계 모든 나라에서 지향하는 덕목이기 때문에 앞으로도 계속 사랑받을 작품이라고 생각한단다.

디킨스 선생님은 1812년도에 영국 햄프셔 주 포츠머스 교외에서 태어나셨어. 전 세계적인 성공을 거둔 작품인『크리스마스 캐럴』이외에도『올리버 트위스트』,『위대한 유산』등의 작품을 남긴 분이란다.

왜 나누어야 할까?

　해마다 전 세계에서 가장 돈이 많은 부자들의 순위를 매겨 발표하는 미국의 경제 잡지 포브스(Forbes)에 따르면, 2015년과 2016년의 1위는 마이크로소프트사의 회장이었던 빌 게이츠(Bill Gates)였어. 그는 이미 회사를 떠났지만 세계에서 가장 돈이 많은 사람으로 부동의 1위 자리를 지키고 있단다. 그런데 이 기록보다 더욱 놀라운 것은 그가 2000년 이후 현재까지 32조원이 넘는 돈을 기부했다는 점이야. 아무리 돈이 많은 사람이라고 해도 자신과 가족을 위해 쓰거나 미래를 위해 쌓아두기 마련인데, 사회와 타인을 위해 기꺼이 나누었다는 점은 놀랄 만한 일이지.

　그렇다면 기부를 하거나 자원봉사를 통해 다른 사람들을 돕는 사람들에게는 어떤 심리가 있는 걸까? 기부는 하는 사람에게 정서적 안녕감, 즉 행복감과 즐거움에 긍정적인 영향을 가져다준다고 해. 기부와 같이 스스로를 뿌듯하게 만드는 일을 하게 되면 우리의 뇌는 기분이 좋아지게 된다고 하는데, 이유는 뇌의 복부 선조, 중뇌 복부 외피 부분이 활성화되기 때문이래. 아마 전두엽이라는 부분에 대해서는 들어봤을 것 같은데, 이곳은 우리가 사랑을 받고 있다는 느낌, 신뢰를 받고 있다는 느낌을 갖게 해주는 호르몬인 옥시토신이 나오는 곳이야. 그런데 이 부분 또한 자극이 된다는 거지. 이 외에도 남을 도와주는 것은 올바른 행동을 한 것이므로 도덕적(윤리적)인 만족감과 자신을 좋은 사람이라 여기는 자아존중감도 높아지게 만든다. 결국 기부든 자원봉사든 다른 사람을 위한 나눔은 부메랑이 되어 나를 만족시켜 주는 결과를 가져온다고 말할 수 있어.

그러면 여기서 잠깐, 너희들은 노숙자나 구걸하는 사람 앞을 지나갈 때, 혹은 구세군의 자선냄비 앞을 지날 때 내가 아무런 도움을 주지 않고 무시를 하면서 죄책감(미안한 감정)이 생겼던 경험을 해본 적이 있니? 아마 어쩌면 지금까지 단 한 번도 다른 사람을 위한 봉사나 기부를 해본 적 없는 친구들도 있을 거야. 그렇다면 그 친구들은 나쁜 사람이라고 비난할 수 있을까? 어른들은 경제가 어렵다고 말씀을 하시고, 나 또한 적은 용돈으로 한 달을 버티기가 힘든데 기부를 어떻게 하냐며 항변하고 싶은 사람도 있을 거야. 전 세계적으로 가장 인색한 사람의 대명사가 된 스크루지,

그 또한 같은 심정이지 않을까? 도덕적(윤리적)으로 생각을 해보면 분명 아쉬운 점이 있기는 하지만, 그렇다고 법을 어긴 것도 아니니까. 우리도 노숙자나 구걸하는 사람들을 거의 돕지 않잖아. 오히려 노력을 하지 않은 사람들이라서 그런 상황에 처한 것이므로 자신들에게 책임이 있다며 비난을 하기에 바빠. 나아가 냄새가 나는 등 우리에게 피해를 주는 사람들일 뿐이라고 생각해. 내 선택을 합리화하기 위한 이유들을 떠올리는 거지. 그렇다면 찰스 디킨스라는 작가는 왜 이런 이야기를 썼을까? 물론 지금 우리가 살고 있는 시대와는 여러 상황들이 많이 달랐겠지만, 사람들 사이에 나눔과 배려가 넘치는 것이야말로 사회를 지탱하는 가장 큰 축이라는 점에서는 예나 지금이나 같은 이치일 거야. 그래서 사람들에게 자신만 생각하는 마음을 넘어 타인을 돌보는 태도를 갖추어야 한다고 주장한 결과일 거야.

이 세상에는 정말 많은 욕이 있어. 그런데 그 중에서 가장 잔인한 욕은 내가 죽은 뒤 장례행렬이 이어질 때 그 뒤를 따르는 사람이 한 명도 없을 거라는 내용이래. 몸은 죽었지만 영혼이 있어 그 장면을 지켜본다면 정말 슬프겠지? 스크루지 역시 크리스마스이브에 여러 유령들과의 만남을 통해 자신의 과거와 현재, 그리고 미래까지 보게 되잖아. 짐작컨대 스크루지가 달라지게 된 가장 큰 이유는 죽음과 관련이 있을 거야.

자, 그럼 이제부터 나에게 있는 것들 중에서 타인과 나눌 수 있는 것은 무엇이 있을까 목록을 만들어 보렴. 나에게는 필요가 없는 물건들, 모아 놓은 용돈, 가르치거나 즐겁게 해줄 수 있는 재능들을 차례대로 적어보면 생각보다 나눌 수 있는 것이 많다는 것을 발견할 수 있을 거야. 나아가 그 나눔을 어디서 실천할 수 있을까 점검을 해본다면 비로소 실천에 한 걸음 더 가까워지게 될 거야.

나눔을 실천하는 사람들에게는 따뜻한 웃음이 있단다. 또한 넓고 깊은 마음과 건강한 신체도 있단다. 때문에 주변에는 항상 좋은 사람들이 가득할 거야. 선생님은 이 글을 통해 너에게도 나눔이 가져다주는 선물이 얼마나 많은지 알려줄 수 있어서 기쁘구나.

13

『홍길동전』과
'결핍'

13.

『홍길동전』과
'결핍'

홍길동전 / 허균 글

이 작품은 우리나라 최초의 한글 소설이라는 점만으로도 의미가 크단다. 조선시대의 신분제를 바탕으로 하기 때문에 현 시대와는 다른 점이 있지만, 권력이나 재력, 학력 등으로 인한 등급이 존재하는 현재와 통하는 부분도 있어. 역사는 현재를 비추는 거울의 역할을 한다고 하는데, 이 작품이 지금도 사랑을 받는 이유는 어느 시대에나 사회적 약자는 존재를 하고 그들이 다수이기 때문일 거야.

허균 선생님은 1569년에 초당 허엽의 3남 3녀 중 후처 김씨 소생으로 태어났다고 해. 그런데 이 집안은 고려시대 때부터 대대로 문장가를 배출한 집안이었기에, 아버지와 형들, 그리고 누나까지 글을 잘 쓰는 사람들이었다고 한단다. 따라서 자연스럽게 책을 읽고 글을 쓰는 분위기 속에 자랐을 것 같은데, 어렸을 때부터 그 실력이 대단했다고 전해진단다.

– 홍길동이 아버지를 아버지라고 부를 수 있었다면? –

금수저와 흙수저라는 말을 들어본 적이 있니? 이 말은 부모로 부터 물려받은 경제적인 능력이 사회로 이어져 계급을 결정하게 된다는 뜻이야. 즉 금수저는 경제적으로 능력이 있는 부모에게 태어난 자식으로 그 덕분에 많은 것을 편하게 갖거나 누릴 수 있 는 계급을 말하고, 반면 흙수저는 부모의 능력이 많지 않아 경제 적인 면에서의 도움을 상대적으로 적게 받을 수밖에 없는 사람들 을 칭한단다. 파레토의 법칙[1] 에 따르면 80%의 부(富)를 갖고 있 는 20%의 사람들을 뜻하며, 따라서 우리가 서민층이라고 부르는 대부분의 사람들은 흙수저에 포함된다고 할 수 있어. 이야기를 시작하면서 금수저와 흙수저에 대해 언급한 이유는, 자유경제주 의 및 물질만능주의 속에 살아가는 현대인들이 가장 가치를 두는 것이 경제적 능력이고, 따라서 능력이 있으면 풍요롭다고 여기지 만 그렇지 않으면 결핍이 많다고 생각하는 경향 때문이야.

---

1) 이탈리아의 경제학자 빌프레도 파레토(Vilfredo Federico Damaso Pareto)가 주장한 "이탈리아 인구의 20%가 이탈리아 전체 부의 80%를 가지고 있다."라는 주장에서 비롯된 법칙으로 '80 대 20 법칙' 혹은 '2대 8 법칙'이라고도 한단다.

그렇다면 현대인들은 어떤 측면에서 결핍감을 갖고 있을까? 우선 앞서 말한 돈에 대한 결핍감을 갖고 있다고 할 수 있어. 미디어에 대한 발달은 사람들로 하여금 많은 것을 보게 하고, 보면 볼수록 사고 싶고 갖고 싶은 마음이 생기게 한단다. 하지만 모든 것을 가질 수 있는 사람은 거의 드물지. 따라서 아쉬운 마음만 커지면서 자신의 신세를 한탄하게 만드는 상황으로까지 이어질 수 있어. 두 번째로는 시간에 대한 결핍감을 갖고 있단다. 아이들이나 어른들이나 현대인들은 모두가 바빠. 아마 너희들도 학교에 다녀오면 학원에 가야하고, 집에 오면 밀린 숙제를 해야 하기 때문에 정작 하고 싶은 일은 미루고 있을 거야. 그렇기 때문에 늘 시간이 부족하다고 생각할 테고. 세 번째로는 애정에 대한 결핍감을 갖고 있어. SNS의 발달로 보다 편하게 관계를 맺을 수 있는 시대에 살고 있지만, 피상적인 관계에 머물러 있는 경우도 많아. 진심을 나누는 관계라기보다는 서로가 필요하기 때문에 이해를 위해 맺고 있는 관계인 경우가 많다는 뜻이야.

그럼 홍길동에게는 어떤 결핍감이 있었을까? 이미 알고 있겠지만 홍길동의 신분은 서얼이었단다. 서얼이란 '서자'와 '얼자'를 합친 말로, 모두 첩의 자식을 일컫는 말이었지. 그 중에서도 첩이 만약 노비 출신이면 그 자식은 얼자라고 하여 아버지가 양반

임에도 차별을 받았단다. 물론 힘든 육체노동을 하지 않았고 세금도 내지 않았지만, 아버지를 아버지라 부를 수 없었고 집안의 대를 잇는 자식이 될 수 없었으며, 과거 시험도 볼 수가 없었지. 또한 상속과 제사에 있어서도 본처가 낳은 자식과는 큰 차별을 받을 수밖에 없었어. 겉으로는 금수저일 것 같지만 알고 보면 흙수저라고 비유하면 적절할까? 아무튼 이런 상황이다 보니 홍길동은 자연스레 사회제도에 대한 불만, 자신의 처지에 대한 아쉬움이 크지 않았을까 생각해 볼 수 있어. 그래서 홍길동은 가난한 사람들을 위해 활동하는 조직인 활빈당(活貧黨)을 만든 것이 아닐까? 물론 해석에 따라 의적이 될 수도 도적이 될 수도 있지만, 중요한 점은 자신의 입장이 반영된 선택이었다는 거야.

이와 같이 결핍은 사람들로 하여금 일생에 걸쳐 어떤 식으로든 그것을 채우고자 하는 마음을 불러일으킨단다. 예를 들어 시험 시간은 다가오는데 공부를 충분히 하지 못했다고 가정해 보자. 그렇다면 우리는 고도의 집중력을 발휘하게 될 거야. 때문에 결과가 조금 더 좋아질 수도 있지. 왜냐하면 결핍은 우리가 갖고 있는 능력을 최대치로 끌어올릴 수 있는 집중력을 발휘하게 만들거든. 혹은 경제적으로 풍족하지 않은 생활을 했기 때문에 크고 작은 불편을 경험했을 수 있어. 그렇다면 열심히 돈을 벌어서

저축을 하며 현재 생활에 부족함이 없이 지내면서 미래에 대한 대비를 충분히 해두어야겠다는 마음을 가질 수도 있지. 그러나 이런 마음과 생각이 지나치면 결국 사람들과의 관계에서 갈등을 일으킬 수도 있단다. 특히 결핍된 부분이 같은 사람들끼리 만나면 더 큰 갈등이 발생할 수도 있단다.

혹시 너는 자신이 금수저라고 생각하니, 아니면 흙수저라고 생각하니? 다른 친구들에 비해 머리가 좋거나 외모도 훌륭하다고 생각하니, 아니면 반대라고 생각하니? 만약 타인에 비해 부족한 면이 많다고 생각한다면, 그 생각에 사로잡혀 우울해 하지만 말고 더 나아지기 위한 노력의 기폭제로 삼았으면 좋겠구나. 단언컨대 모든 것을 다 갖고 있기 때문에 결핍감이 없는 사람은 단 한 명도 없을 테니까. 인생은 긴 시간 동안의 변화에 적응해 나가는 과정이라고 할 수 있어. 따라서 결국 누가 더 성공적이면서 행복한 삶을 살아가게 될 것인지는 지금만이 아닌 미래도 포함을 시켜서 따져봐야 하는 일이지. 비록 소설 속의 주인공이지만, 홍길동이라는 이름이 지금에 이르기까지 사람들에게 회자되는 이유가 무엇인지 생각해 보렴. 그 이유를 명확히 알고 있다면 선생님이 하려는 이야기가 무엇인지 이해할 수 있을 거라고 믿는다.

14

『찰리와 초콜릿 공장』과
'기대 심리'

14.

『찰리와 초콜릿 공장』과 '기대 심리'

찰리와 초콜릿 공장 / 로알드 달 글

　　많은 사람들은 계획을 잘 세우고 열심히 노력한다면, 언젠가 그 꿈이 반드시 이루어지는 기적이 찾아올 것이라 믿고 있단다. 세상에 다섯 장 밖에 없다는 윌리 웡카의 황금빛 초대장을 찰리 버켓이 찾은 것처럼, 결국 초콜릿 공장의 사장이 된 것처럼 말이야. 왜 그럴까? 열심히 노력을 해도 실패를 할 수도 있지만, 성공에 대한 기대가 없다면 참아낼 수가 없기 때문이겠지. 희망이 없다면 삶의 의지 또한 꺾이기 때문이겠지. 따라서 이와 같은 판타지 작품은 독자들을 잠시나마 이상의 세계로 초대해서 현실의 아픔을 치유해 주고 다시 희망을 품을 수 있는 기회를 만들어 준다.

　　로알드 달 선생님은 영국 웨일즈에서 태어났으며, 석유 회사에서 일을 했고 제2차 세계대전 때에는 공군으로 참전을 했던 경험이 있대. 선생님의 이야기는 워낙 재미있어서 전 세계 많은 나라의 어린이들로부터 사랑을 받고 있는데, 그 중 『제임스와 슈퍼 복숭아』, 『내 친구 꼬마 거인』, 『찰리와 초콜릿 공장』, 『마틸다』 등은 영화로도 만들어졌단다.

찰리에게는 왜 기적이 찾아왔을까?

알다시피 부자가 되기를 꿈꾸는 사람들은 정말 많아. 하지만 샐러리맨으로 평범한 직장생활을 하는 사람들이 백만장자가 되는 것은 현실적으로 어렵지. 그래서인지 많은 사람들은 인생 역전을 목표로 매주 로또 복권을 산단다. 그렇다면 1등에 당첨될 확률은 얼마나 될까? 물론 매주 복권을 사는 사람들의 수에 따라 달라지기는 하겠지만, 그 확률이 814만 5060분의 1이라는 결과가 있어. 이정도면 사람으로 태어날 확률보다는 높지만 벼락을 맞을 확률보다는 낮다고 하니 쉽지 않은 일임을 알 수 있지. 그런데 재미있는 일은 복권을 사는 사람들 대부분이 그 점을 알고 있다는 거야. 그럼에도 매주 당첨자는 나오고 있기 때문에, 이번에는 내 차례가 아닐까 하는 기대 심리로 복권을 구입하는 거란다. 아예 구입을 하지 않으면 확률조차 생기지 않는다고 합리화를 하면서 말이야. 이 책의 주인공 찰리 버킷도 다섯 장 밖에 없다는 황금 티켓을 찾아서 초콜릿 공장 견학을 가게 되었고,

결국 공장까지 물려받게 되었잖니? 때문에 1년에 한 번 밖에 먹을 수 없는 초콜릿 속에서 그 티켓을 찾아낸 건 정말 기적과도 같은 일이라고 할 수 있어. 꿈이 이루어진 거지. 그러나 이 것은 동화 속에서의 일일 뿐, 현실 세계에서는 희망 고문이 될 수 있는 일이야.

그렇다면 너희들은 살아가면서 어떤 기대를 갖고 있니? 언젠가 모든 과목에서 100점을 받을 거라는 기대? 그래서 전교 1등을 해보겠다는 기대? 키가 180cm 혹은 170cm 이상 자랄 거라는 기대? 몇날 며칠 동안 컴퓨터 게임만 하면서 놀겠다는 기대? 독립을 하여 친구들하고 어울려 살겠다는 기대? 빠른 시일 내에 실현되기를 바라는 너무나 많은 기대들이 있을 거야. 그렇다면 너희들의 부모님이나 선생님 등 주변의 어른들은 너에게 어떤 기대를 하고 계시니? 모든 과목에서 100점을 받아 다른 엄마들에게 자랑을 하고 싶은 기대? 밖에 나가면 착하고 재능이 많은 누구 엄마나 아빠로 불리고 싶은 기대? 좋은 대학교를 졸업하고 대기업에 들어가서 월급을 받아 해외여행을 시켜주는 등의 효도를 하는 자식에 대한 기대? 마찬가지로 많은 기대를 하고 계실 거야. 왜냐하면 사람들은 자기 자신은 물론 타인들에게도 기대를 갖고 있기 때문이란다. 사람들은 사회를 이루어 살아가고 있고, 그 안에서 상호작용을 하고 있기 때문에, 이런 기대들은 나 자신을 조금 더 노력하게 만드는 원동력이 될 수도 있어. 그러나 과하면 한 사람을 힘들게 만들 수도 있지. '기대가 크면 실망도 크다.'라는 말을 들어본 적이 있지? 예를 들어서 나는 열심히 공부를 한다고 하지만 모든 과목에서 100점을 받지는 못해. 그런데 부모님은 항상 100점만을 원하고 계셔. 그렇다면 이 때의 기대는 내게 부담을 안겨주는 비합리적인 존재가 되겠지? 더불어 기대에 미치지 못했다는 죄책감, 분노 등의 부정적 감정이 생길 수 있으며, 나아가 더 좋지 않은 상황들도 발생할 수가 있어. 그러므로 나는 나 자신의 역량에 맞는 기대 목표를 세워 실천해 나갈 필요가 있고, 부모님이나 선생님 또한 적절히 지원을 해주면서 더 좋은 방향으로 나아갈 수 있도록 나침반의 역할만 해주는 것이 좋단다. 하지만 부모님들은 내 자식을 잘 키우겠다는 일념으로 살아가는 분들이므로, 기대를 완전히 버리기는 어려울 거야. 따라서 너희들은 그 기대에 철저히 부응하던가, 아니면 내 상황을 이야기 하면서 설득할 잘 하는 지혜가 필요해. 부모님께서 나를 낳아서 키워주고 계신 점에 대해서는 매우 감사하지만, 그렇다고 나는 부모님이 원하는 바를 대신 이루어 드리기 위해 태어난 사람은 아니라는 점에 대해서 말이야. 나아가 나는 내 정체성을 완성해 나가면서 결국 행복하기 위해 살아가고 있는 사람이라는 점을 말이야.

찰리 버킷은 작고 낡은 집에서 부모님, 네 명의 조부모님과 함께 살아가는 가난한 소년이었어. 때문에 하루하루를 살아내는데 급급했을 뿐, 미래에 대한 기대를 하기도 어려운 여건이었지. 그럼에도 착하고 성실하게 산 덕분에 결국 초콜릿 공장의 후계자가 되었고, 삶이라는 것이 초콜릿보다 더 달콤하다는 것을 느낄 수 있게 되었어.

혹시 학교에 갔다가 학원에 들러 밤늦게 귀가하는 매일 매일 반복되는 일상 속에 지쳐가고 있니? 그렇다면 우선 내가 어떤 사람이 되고 싶기 때문에 이런 생활을 하고 있는가 생각해 보렴. 즉, 미래의 꿈을 정한 뒤 그 꿈에 다가갈 수 있는 단계를 정해보렴. 그렇다면 무의미하게 반복되는 듯한 오늘이 조금 더 활기차지면서 소중한 날로 바뀔 거야. 만약 이 과정이 잘 실천되고 있다면, 이번에는 주변 사람들에게도 네가 기대하고 있는 바에 대해서 말해주렴. 그렇다면 그 사람에게도 잘 살기 위한 동기가 부여될 거란다.

15

『나의 라임 오렌지 나무』와
'긍정 심리'

15.

『나의 라임 오렌지 나무』와

'긍정 심리'

나의 라임 오렌지 나무 / 조제 마우로 데 바스콘셀로스 글

신은 우리가 견딜 수 있을 만큼의 시련을 주신다고 하지만, 어릴 때부터 큰 시련을 받고 싶은 사람은 없을 거야. 제제의 아빠는 일자리를 잃었고, 여섯 살 나이부터 공장에서 일을 해야 했던 엄마는 그 삶을 벗어나지 못해. 또한 누나들도 온종일 공장이나 집에서 일을 했기 때문에 어린 제제를 돌봐줄 사람은 아무도 없었단다. 대신 하루가 멀다 하고 매를 맞았지. 그러나 제제는 영혼이 맑은 아이였어. 그래서 자신의 삶은 물론 독자인 우리들의 삶에도 밝은 빛을 선물해 준단다.

바스콘셀로스 선생님은 1920년도에 브라질 리우 데 자네이로의 방구시에서 포르투갈계 아버지와 인디언계의 어머니 사이에서 태어나셨어. 이 작품 『나의 라임 오렌지 나무』는 1968년에 출간이 되었는데, 당시 엄청난 인기를 끌어서 영화로도 만들어졌고 브라질 초등학교에서 학생들의 읽기 시간 교재로도 사용되었다고 해. 선생님의 작품으로는 『성난 바나나』, 『백자 흙』, 『앵무새』, 『얼간이』 등이 있단다.

제제가 갖고 있던 희망은 어디에서 비롯된 것일까?

2016년 브라질의 리우에서 열렸던 하계 올림픽에서 펜싱 국가대표 박상영 선수가 끝내 금메달을 목에 거는 장면을 보았니? 14대 10, 한 점만 내주면 은메달에 머무는 상황에서의 휴식 시간, 그때 자신에게 '할 수 있다!'는 말을 되뇌어 용기와 희망을 주는 박상영 선수의 모습은 지금도 많은 사람들에게 회자가 되고 있단다. 왜냐하면 어려운 상황임에도 좌절하지 않고 끝내 자신의 힘으로 역전을 해냈으니까.

'실패는 성공의 어머니'라는 말이 있단다. 이 말은 여러 각도에서 해석할 수도 있지만, 선생님은 실패에 대한 경험이 결국 성공을 하기까지 더 많은 노력을 하게 만들어 준다는 긍정적 의미라고 생각해. 하지만 실패의 맛은 쓰기 때문에 먼저 경험을 해보겠다는 사람은 없을 거야. 어릴 때부터 승승장구를 해서 성공의 길만 걷고 싶은 마음을 갖겠지.

그러나 우리에게는 가정에서부터 나를 둘러싸고 있는 환경이라는 조건들, 그리고 나 자신에 대한 면까지 원하지 않았지만 이미 그렇게 주어진 것들이 있어. 이 이야기의 주인공 제제에게도 일자리를 잃은 아빠, 공장에서 파김치가 되도록 일을 해야 했던 엄마와 누나들이 있었고, 때문에 가난도 함께 했지. 제제 역시 편안하고 여유로운 가정의 분위기, 그 속에서 나누는 사랑과 행복을 원했겠지만, 이미 그렇지 않은 환경이었기 때문에 그 속에서 참고 견디며, 이겨내고 화해하는 방법을 먼저 터득했을 거야. 앞으로는 모든 측면들이 '잘 될 거야!', '나아질 거야!', '할 수 있어!'라고 생각하고 또 바라면서.

어떤 사람들은 이것을 '희망 고문'이라고 부르기도 한단다. 희망 고문은 안 될 것을 알면서도 될 것 같다는 희망을 주어서 상대를 고통스럽게 하는 것을 말해. 가난한 사람들에게 열심히 일을 하면 결국 성공해서 부자가 될 수 있다고 말하는 것, 머리가 좋지 않은 학생에게 열심히 노력하면 결국 전교 1등이 될 수 있다고 말하는 것 등이 예가 될 수 있어. 제제가 처한 상황을 봐도 쉽게 나아질 것 같지는 않았는데, 그럼에도 좋아질 거라고 이야기 한다면 희망 고문에 포함될 수 있어. 물론 열심히 노력해서 결국 성공을 했거나 전교 1등이 된 사람도 있겠지. 하지만 확률은 적은 것이 사실이지. 왜냐하면 현대 사회의 구조는 이미 많은 것을 갖고 있는 사람들이 쉽게 더 많은 것을 가질 수 있게 되어 있거든. '돈이 돈을 번다.'는 말은 이를 증명하는 말이 될 수 있단다.

그렇다면 부유하지 않고, 고학력자가 아니거나 명문대학교를 졸업하지 않은 부모님을 둔 가정의 자녀들은 끝내 성공을 하지 못하는 것일까? 성공의 가치는 사람마다 다르게 책정을 하기 때문에 일률적인 기준을 정해서 대답하기는 어렵지만, 긍정적인 마음가짐과 노력이 뒷받침 된다면 누구에게나 가능성은 있다고 말하고 싶어. 왜냐하면 전 세계로 확대되어 있는 삶의 무대는 더 많은 기회를 제공해 주고 있거든. 인터넷만 접할 수 있다면 유튜브를 통해서 내가 원하는 거의 모든 것을 배우고 익힐 수 있거든. 아마 그렇기 때문에 어른들은 너희들에게도 자꾸 희망을 품고 사는 것의 중요성에 대해 강조를 하고 있을 거야. 꿈을 갖고 그것을 이루기 위해 노력하는 것이 왜 필요하고 중요한 것인가에 대해 말하고 또 말할 거야. 판도라의 상자에서 죽음과 병, 질투와 증오와 같은 수많은 해악들이 튀어나와 우리 주위를 감싸고 있다고 해도, 아직 상자에 남아 끝내 인류를 구원해 줄 희망을 찾을 수 있도록 말이야.

그런데 한 가지 주의할 점은 있단다. 그것은 '잘 될 거야!'라는 믿음과 바람은 결국 노력을 바탕으로 해야 한다는 점이란다. 간혹 어떤 사람들은 마치 행운이나 기적을 바라는 것처럼 어떠한 노력도 기울이지 않으면서 잘 될 거라고 믿는 경우가 있어. 감나무 밑에서 입을 벌린 채 누워서 감이 떨어지기만을 기다리는 모습이라고나 할까? 하지만 그 감이 언제 떨어질지도 모르고, 어쩌면 입 안이 아닌 이마 위로 떨어져 얼굴 전체에 범벅이 될 수도 있으며, 어느 부분이 상했거나 까치가 쪼아 먹은 것이기에 사람이 먹을 수 없는 상태일 수도 있단다. 그러므로 나무 위에 올라가 잘 익은 감인지 확인한 다음, 필요하다면 따서 내려오려는 실천 의지가 우선 필요하단다.

자, 그럼 이제 마지막으로 나 자신을 향해, 나 자신을 위해 큰 목소리를 내서 다음의 문장을 읽어보도록 하자꾸나.

"잘 될 거야!"
"분명히 나아질 거야!"
"나는 무엇이든 해낼 수 있어!"

강아지 똥은 왜 자아존중감이 낮았을까?

초판 1쇄 2017년 11월 20일
초판 2쇄 2018년 12월 12일
저   자 임 성 관
발 행 인 권 호 순
발 행 처 시간의물레
등   록 2004년 6월 5일
등록번호 제1-3148호
주   소 서울시 마포구 마포대로 4다길 3(1층)
전   화 02-3273-3867
팩   스 02-3273-3868
전자우편 timeofr@naver.com
블 로 그 http://blog.naver.com/mulretime
홈페이지 http://www.mulretime.com
I S B N 978-89-6511-206-8 (43800)
정   가 12,000원

이 도서의 국립중앙도서관 출판예정도서목록(CIP)은 서지정보유통지원시스템 홈페이지(http://
seoji.nl.go.kr)와 국가자료종합목록시스템(http://www.nl.go.kr/kolisnet)에서 이용하실 수 있습
니다. (CIP제어번호 : CIP2017030577)